中国小小说金麻雀获奖作家文丛·宗利华卷

宗利华／著　杨晓敏　刘海涛　秦俑／主编

蓝颜知己

世界图书出版公司
广州·上海·西安·北京

作者简介

宗利华，20 世纪 70 年代初生，郑州小小说学会副会长，中国作协会员，山东省第二届中青年作家高研班学员，中国作协鲁迅文学院第十三届中青年作家高研班学员。已在全国报刊发表小说作品两百余万字，作品多被《小小说选刊》、《小说选刊》、《新华文摘》、《中篇小说选刊》等转载，部分作品被改编为电影，电视剧，或被译介到加拿大、韩国。获 2003~2004 年度“第二届中国小小说金麻雀奖”、2006 年度“全国小小说原创作品金奖”、2009 年度“冰心儿童图书奖”，并被评为“新世纪小小说风云人物榜金牌作家”，出版发表小小说集《感觉一只青蛙》、《租个儿子过年》、《皮影王》、《越位》，中短篇小说集《桃花桃花满天飞》，长篇小说《惊梦伊甸园》、《丐世英雄》、《越跑越快》等。

[金麻雀奖简介]

为了倡导和规范小小说文体，推介名家，遴选精品，2003 年，由《小小说选刊》、《百花园》、《小小说出版》、郑州小小说学会联合设立了“小小说金麻雀奖”。该奖项以每位作家在规定年度内创作发表的 10 篇作品为参评单元，同时参照作家的整体创作实力进行评选。第一届评选时间为 1982~2002 年度，共评选 10 人；以后每两年评选一届，每届评选 5 人。此奖项虽系民间发起，但因其全国性、权威性和公正性，已经成为中国当代文学富有影响力的重要奖项之一。

[历届金麻雀获奖作家]

第一届（1982~2002）
王　蒙　冯骥才　林斤澜　许　行　孙方友
王奎山　侯德云　刘国芳　陈　毓　黄建国
第二届（2003~2004）
邓洪卫　宗利华　刘建超　蔡　楠　刘黎莹
第三届（2005~2006）
于德北　谢志强　孙春平　聂鑫森　陈永林
第四届（2007~2008）
沈祖连　申　平　魏永贵　非　鱼　周　波

[中国小小说金麻雀获奖作家文丛]

冯骥才《快手刘》
许　行《白雪雕像》
孙方友《富孀》
王奎山《乡村传奇》
侯德云《你要深情地看着我》
刘国芳《风铃》
陈　毓《美人迹》
黄建国《一树蝴蝶》
邓洪卫《初恋》
宗利华《蓝颜知己》
刘建超《朋友，你在哪里》
蔡　楠《水家乡》
刘黎莹《上钩的鱼都很美丽》
于德北《百合花布》
谢志强《桃花》
孙春平《讲究》
聂鑫森《大师》
陈永林《红乌鸦》
沈祖连《前朝遗老》
申　平《猎豹》
魏永贵《先生》
非　鱼《来不及相爱》
周　波《左边的风景》

文体意识与探索精神

——宗利华小小说印象

杨晓敏

由于众多因素的制约，在成千上万的小小说写作者中，谁想问鼎一流作家的桂冠，实非易事。一是要有数十年的辛勤笔耕，以批量生产式的积累，持续抢夺大众阅读的眼球；二是还要在写作中，具备持之以恒的探索精神，以深度写作的姿态，锻造经典品质，经得起业界话语权的审视乃至挑剔。尽管如此，依然有凤毛麟角者脱颖而出，在形成独特艺术风格的同时，确立着自己的文学地位。诸如王奎山之于情理、侯德云之于思辨、陈毓之于语感、邓洪卫之于叙事、刘建超之于格调、蔡楠之于形式、于德北之于诗性、谢志强之于想象、宗利华之于文体意识上的高度自觉等等，这些"中国小小说金麻雀奖"获得者实至名归，使他们毫无争议地跻身于标志性代表作家之列。

八年前，宗利华以一篇《绿豆》出道，叩开了小小说写作的大门。《小小说选刊》转载并评为 1999 ~ 2000 年度全国小小说佳作奖，这种权威界定，使作者在短暂的时间里，有资格多次参加百花园杂志社组织的笔会，而融入这个核心团队，一次次颇具效力的高端碰撞交流，适时提升着一位文学新人的自信和激情。重读《绿豆》，不俗的构思、富有张力的语言和鲜活生动的对话，照例会扑入我们的眼帘；然而，细品之下，作者略带刻意的雕琢，同样有初学者技巧上的生涩。

然而正像大师和匠人有着质的区别一样。一个小小说作家和小小说写手同样也泾渭分明。写手注重的是量的积累即平面经营，作家则绝不肯迁就自己原地踏步，会像追赶地平线一样永远把目光投向远方。厚度和高度只有同时启动，才会矗立起脚下的高山台地。三年后，宗利华创作出《越位》。这是一篇颇耐咀嚼的佳作，它的表现形式、语言表达、哲学意味、内容承载均可圈可点，短时间里就造成圈内外阅读的轰动效应。迄今来看，它不仅成就了写作者孜孜以求的代表性作品，再放大点说，也是当代小小说排行榜上熠熠生辉的顶级作品，即使把该篇和当下优秀的短篇小说比较，也毫不逊色。有主流评论家曾冷静地评价中国作家，尤其是针对在尺幅之内企望图腾的小小说作家作品时，说和西方的优秀作品相比较，作品中所蕴涵的智慧量级不够，所携带的哲理性、双关语、幽默成分的使用尚有差距。《越位》显然是个例外。该篇颇有先锋小说的叙事风格，在结构上呈复合状，多视角的切换，刻画出鲜明的人物性格，解读出男女主人公微妙的心理变异。足球之夜是个充满诱惑的场所：健儿们沉甸甸的肌肉、威武有力的手臂、左盘右带的卡通一样的双腿，冲撞、炫技、进攻和防守，这些元素滋生着一个个悬念，在玫瑰色的酒吧里，点燃着一群有时尚癖的男女球迷的激情——

马小却把自己的身体交给大男孩摆布的时候……罗纳尔多左脚一扣，球高高地划起一道内弧线，落点是里瓦尔多，头球，射门！

韩乔生或者黄健翔的声音高涨起来：球进了。

丰厚的意蕴是小说与故事的分水岭。不久前有文友问我，故事和小说的差异究竟在哪里？我想了想说，当然还是思想内涵、艺术品位和智慧含量的高下。用一个流行的段子来举例说明：一个人被抓了，第一天被上刑灌辣椒水，没招供；第二天坐老虎凳，仍没招供；第三天用美人计，招了。简单的一个转折完成，大约应是故事版本。另一说法是，第四天还想招时，全国解放了。这个结尾注入了令人深入思考的东西，故而应是小说写法。当然，文学作品的分量和写法不尽在抖包袱上，但艺术手段的使用密度和认知社会人生的深度却不容忽略，它所潜在的鉴赏、审美功能亦需开发重视。

《越位》结尾这样写道：

一、马小却与陈非尘1995年夏天结婚。两人属青梅竹马，婚前马拉松式相恋10年。所有认识他们的人，都觉得他们是上世纪末最佳配偶。

二、那事情发生后，马小却再也不想看足球了。

有一天,不喜欢足球的陈非尘突然问马小却,什么叫越位,老婆?

马小却面上一红。

马小却无法回答。

在这里对人生的顿悟有哲理启示，“双关语”的使用以及暗示中，对“小资”们的荒唐、浅薄的讽喻，显得巧妙、善意和调侃，消解了仅限于道德层面批判的负重压抑感。

2003～2004年度,宗利华以《越位》为首的10篇作品，获得小小说业界的最高奖项“第二届中国小小说金麻雀奖”。评审委员会予以的评价是:“宗利华有成熟的小小说写作谋略，注重情节的跳跃性和内在张力。他的作品节奏快捷，变化多端，无论是描写现实生活还是网络人生，都有着人物命运的不可预测性，因而可读性较强。他的批判意识是显而易见的，或对于生存环境和社会原因对人格的扭曲，或对于网络对人性的异化，宗利华都有着清醒的认识。他善于在情节推进的过程中，把人物置于紧张和矛盾之中，碰撞出人性的火花。特别是对性格各异的年轻女性的刻画，通过心理分析而逼近人性深处，笔端充满了悲悯和深切同情。对诸多女性的成功塑造，成了宗利华近期小小说的一个特色。他的语言同样富于节奏感和时代气息，善于用人物对话表现个性特征，不乏生动和直面人生的热情。”一个有艺术追求和探索精神的人,总会不停地“变脸”，否定之否定中，充满了向上的辩证思维。2006年，宗利华又以《江湖人物三题》，再一次证明着作为金麻雀奖得主的实力。这时候的宗利华，已经走过了“大量阅读经典”的初始阶段,开始有个性的突破。之前所发表的部分作品中,明显有“摹写”的痕迹，东西方名家名著中的语言句式、人物站位、叙事口味等，现代电影手法的蒙太奇、关系切换等，都曾被他尝试借鉴或使用。

《江湖人物三题》截取生活和故事的横断面来结构小说，

重提那个“因果报应”的主题。难得的是,叙述文字极其简洁,剔除了冗余的部分,体现出一种朴素的真诚。文中的对话,尤胜于叙述。就像古人评王维的“诗中有画,画中有诗”一样,你能触摸到那些“炼字”似的表达:有场景,有动作,有情绪,有色彩。块状的叙事方式和节俭的对话,把大哥、大嫂、儿子和“我”,人物关系和故事脉络交代得清晰可信,并推动着一个个惊心动魄的情节向前递进。我曾在另一篇文章中谈到,就个人而言,我喜欢宗利华的作品,主要还在于,我比较偏爱文风硬朗一脉。如果说柔美一族属于凝脂之血肉,而硬朗一脉则是岩石般的骨骼了。刚健文风如泼墨,浸染处有力透纸背之劲道。塑造的人物,个性鲜明,举手投足,充满阳刚之美。

凡生活型的作家,从互补的角度来说,还是要多读书思考来拓展自己的艺术想象力,尽可能营造出更大的文学空间,给生活的真实插上飞翔的翅膀才好。在众多小小说写作者中,具有良好素质能自觉强化自身文学储备的人并不多见,许多人长期是倚仗自己的“小聪明”来挥霍自己的生活素材的。只有极少数有此天赋并能自律的作家,才肯在长期的写作实践中,不懈地锻造、提升、健全和完善着自己的文学人生。

宗利华在鲁迅文学院进修时,聆听过许多文学师长的授课和教诲,潜心研读过中外文学典藏,尤其对文学理论饶有兴趣。一种虔诚的后学心态,能使人充满敬畏地从事写作。因为前面是山,翻越它的高度首先要有足够的能量。众所周知,宗利华在近几年连续发表了多篇读书写作的随笔,所撰写的万字评论《一种新文体的全方位崛起》,对小小说在中国当代文学中的萌芽、发轫和兴盛,置放在宏大的中国社会以及中外文学发展的背景下进行观照梳理,特别是对文化多元化带来的时尚阅读催生小小说以及小小说又为促进文化市场繁荣的解构,不乏真知灼见。该篇被《文艺报》专版刊发后产生不小影响,继而被《新华文摘》摘要转载。

毋庸置疑,正是这种清醒的文体意识和自觉的探索精神,有力促使着一个作家产生破茧化蝶似的嬗变。宗利华近期的创作,已由经典化写作逐渐归于平实,以一种亲和的文笔,体现出对读者阅读的尊重。《老耿》、《哈酒》、《吕旦》在貌似随意的叙事里，精心描写着在社会底层生活的弱势群体、小人物的喜怒哀乐和酸甜苦辣，笔底不经意间流露着和他们愿意融为一体的情怀。新作《浅笑即可》(三题)，更是通过选择斑斓的现代生活场景，恣意勾勒出别有意味的浮世绘，表明作家立场和生活价值取向。仔细品读之下，会发现之所以和一些浅平表述的故事不同，在于作者冷静理智地思考着更大人群的生存状态：对那些以恶搞名人名著为噱头牟利、不顾历史定论且产生着负面影响的文化产业项目的价值批判(《爱情谷》)；对那种一阔就变脸的人，无情地给以距离上的鄙视(《不跟你玩儿》)；对身为基层干部和小文人的自己，虽生活窘迫却在节操和品质上严于自珍(《花钱记》)。这些篇什语言清丽、自然流畅，自嘲、戏谑中虽显无奈但不叹息，流露出普通人应有的生存底线。

如今的小小说文体已进入成熟期，对什么是好作品的评判标准也大致形成，在我看来，作品的表现形式与质量蕴涵，只要能完美统一，都应属于“经典”之列。四大名著中，《红楼梦》是精英文化质地，《三国演义》、《水浒传》是大众文化质地，《西游记》则属通俗文化质地。三种文化形态，只要能写到极致，何尝不能构成制高点呢。一个作家，如果能调动更多的艺术手段来反映生活，创造出适合多层面阅读欣赏的精神产品，不是一件很有意义的事情吗？

（杨晓敏，现任河南省作家协会副主席，《小小说选刊》、《百花园》主编，曾荣获“小小说事业家”等荣誉称号）

目 录

第一辑 身份证是个大问题

我们这叫什么？

第四辑 蓝颜知己

第一辑　身份证是个大问题

对世情百态的描摹，是中国小说家的传统。世情不是生活本身，而是隐藏在生活褶皱内我们可知和不可知的东西。从本辑几篇作品，明显看出作者不仅在探究问题，而且在剖析，在追问，在抨击。不仅知情，而且在寻找答案。于跌宕起伏间，重彩勾勒事情百态，解析人性美丑。“《老耿》、《哈酒》、《吕旦》，在貌似随意的叙事里，精心描写着在社会底层生活的弱势群体、小人物的喜怒哀乐和酸甜苦辣，笔底不经意间流露着和他们愿意融为一体的情怀。《爱情谷》、《不跟你玩儿》、《花钱记》，更是通过选择斑斓的现代生活场景，恣意勾勒出别有意味的浮世绘，表明作家立场和生活价值取向。”

租个儿子过年

看到那则启事，他的眼睛亮了一下。

启事的内容别具一格，“期望一名有爱心有亲情观念的男孩子和我们一道过除夕之夜。”署名是，一对年迈的老人。

他笑了。毫无疑问，那个地方太适合他当前的处境了。于是，他给老人打电话，说明自己的意思。那端的女人显得异常兴奋！他听女人说，老头子，终于有人打电话来了！

按照地址，他敲开了那家的门。是一个在这座边远小城常见的四合小院。迎接他的两位老人比他想象的还要老，头发都花白了，而且步履蹒跚。

他正不知道称呼什么才好，却见女主人眼圈发红，张着双手，嘴角抽动着说，孩子，你终于回家了！

他觉得什么部位被猛地敲击了一下，眼睛就潮润了。他不由自主就脱口而出，妈，儿子回来了！他一下想起自己的母亲了。

于是，一切顺理成章了，他被父母拥着走进屋子。一进屋，那股家的感觉就扑面而来。母亲敲打着他身上的尘土，父亲不动声色地递过一杯红糖水。他开始逐渐进入角色。母亲领着他说，你的房间早就为你收拾好了，一切都是老样子。这边是洗手间，这边是厨房。你先洗一洗。然后，咱一起包水饺。

他洗了一把脸，一边擦着，一边踱进了他的房间。突然视线里就出现了一张放大的照片。是一个二十岁左右的男孩。

那是我们的儿子。他一回头，就发现老头站在身后了。但老人说过这句，就闭了嘴。

这时，母亲在外面喊起来，洗好了没有，你们爷俩在那里磨蹭什么？老头马上换了脸色，笑着说，好了，我们就去。

水饺馅是早调好了的。母亲已在擀皮儿了。擀面杖在她的手下发出欢快的声音。他挽挽袖子，坐下来，开始揉面。以往春节，在家里就是这份情景。父亲的任务是烧水，这是一项轻快活，倒上水，打开炉子，就没事了。于是坐在一边，安静地瞧着娘俩快乐地忙活。母亲开始讲一些琐碎事情了。那些事情，他并不感兴趣，但他知道母亲喜欢，所以就听着，有时他会插问一句，母亲就把手里的活暂放一下，瞧着他，跟他解释。

水饺出锅以前，是要放鞭炮的。

母亲的情绪在这时达到了顶点。她站在屋檐下，看着夜空里烟花缤纷，脸上漾着光芒。指挥着说，咱们也可以点鞭炮了。于是，他点燃了，母亲竟拍着手到院子里来了，而且，在鞭炮声中，孩子般地跳起来！

然后，一起吃水饺，一起看春节晚会，一起说着笑着。直到母亲累了。母亲说，我真高兴啊！可我是真累了。父亲走过来，说，你得休息一下了。

他在那天晚上睡得非常踏实。连日的疲惫一扫而光了。当新一天的阳光照射进窗口时，他突然醒来，一下子坐起。半天才清楚了发生的事情。

那对老人看上去神情黯然了。母亲走过来，给他系系扣子，说，孩子，我知道，无论怎样，我不会取代你母亲在你心中的位置，记着，漂泊在外的时候，常给父母打个电话，抽空儿回家看看他们……

他觉得眼眶一热，看到母亲泪水下来了，于是伸手轻轻地替她擦拭，一边点着头，我知道了。

老头送出来，悄悄地掏出一张钱，说，真的非常感谢你，这是你的报酬，我们拿不出更多的钱来了。

他坚决不肯要。他说，你们已让我明白太多东西了。

老头仍道着谢，是你了了我们一份心愿。你大妈，她实际上，活不了几天了，她得了癌症！她最大的心愿就是陪儿子在除夕夜再吃一顿她包的饺子。可我们的儿子，他，再也吃不到了。

他根本没听清老人后来在说什么，在那一瞬间，他忽然觉得自己变了模样。

辞别了老人，他飞快地奔向电话亭，拨通了自家的电话。话筒里传来老母亲的声音时，他已是泪流满面了。母亲一下子叫出了他的名字！母亲没听到他说话，就知道是自己的儿子了！

半天，他哭着说，妈，我想回家！

电话亭里的小姐莫名其妙地瞧着他。

她当然不可能知道，这个打电话的人是一个在逃犯。

让我抱抱你的孩子

母亲到城里来，照看她的孙子。

孙子还不满两周岁，一脱手便跌跌撞撞，做奔跑状。然而，不出几步，就会跌倒。跌倒了，母亲并不去扶，母亲有她自已的处理方式。母亲说，自己跌倒，要自已爬起来。我们姐妹几个，小的时候就一直接受这些理论。但我的儿子，母亲的孙子却并不配合，他哭起来，等奶奶去拉，否则，便趴在地上。

母亲于此非常自信也极有耐心。

于是，祖孙两个，在人行道边上对峙。

就在这时候，那个女人出现了。

女人的目的很明确，这从她的视线上就能够看得出来。她是冲我儿子来的。

女人眼窝很深，这样就显得象是睡眠不足。她瘦削的脸上分明地挂着笑，那笑看上去非常灿烂。

她老远就张开了手，把我的儿子非常利落地拉起来，那个动作仿佛在一瞬间就完成了，甚至母亲还没来得及去阻拦。

母亲这时注意到了那个女人的手，注意到那双手以后，母亲的脑子里就出现了树枝的模样，她甚至在那树枝上清清晰晰地看到了凸现着的血管。

女人把我的儿子拦在她怀里，腾了另一只手去拍打他身上沾的土。嘴里说，好孩子，摔疼了吗?

母亲赶紧蹲下去，想把孙子接过来。因为，她看到孙子的眼睛直直地瞧着那女人，小嘴嘟着。做奶奶的想，也许接下来，他就会哭的。他还太小，对陌生人，还不那么认可。

可女人似乎搂得更紧了些，依然笑着，说，我孙子也这么大了，也会跑了，一住也不住，可调皮了。和他爸爸一样，他爸爸小的时候，就爬上爬下的，有一次，把刚长出来的牙都碰掉了一颗。从小到大，浑身上下就没囫囵过。

母亲笑着，应着说，男孩子嘛，不都是顽皮吗？要老实安稳了，你还以为他病了呢。说着，伸手去抱孙子。女人伸了手，竟小心翼翼去抚摸儿子，母亲觉得有一股隐隐约约地生气，她是那样认为的，孙子是我的，你这般亲昵干什么呢？

女人却浑然不觉，继续说她的儿子，小时候他也长得这样，胖嘟嘟的，一笑，俩酒窝……女人脸上簇成核桃状，移了腮去贴孩子的小脸。

母亲已经将笑收起来了。

她看到孙子的嘴撇了一撇。看来，他要哭了。

母亲就伸了手，打算把孙子硬夺过来。

这时候，一个白发的老头儿出现了，他显得很紧张，所以步子就很零乱。一边蹒跚着，一边喊，你怎么出来了？你怎么出来的？

母亲吃惊地看看他，再看看那个女人。

女人嘿地一声笑了，说，来，你来看，她象不象咱儿子小时候？

老头走过来，笑着，像，真像！

一边说，一边将我儿子抱起来，顺手递给了母亲。同时，小声说，对不起，没吓着孩子吧？

母亲这时把孙子抱紧了，轻声地和他说着话，抬起头，却发现老头搀着那女人沿路走过去了。

母亲回家，就跟我讲述这件怪异的事。母亲说，那个女人，怕是个疯子吧？

我正摘下帽子，解着警服上的扣子，慢慢就顿住了。

那老人，看上去年纪很大吗？我问。

母亲点点头。

我就一下子沉默了，一个熟悉的人的影子执拗地出现在眼前。我轻轻地告诉母亲，那个女人的儿子是个瞎子，去年被车撞着，死了，事故刚好是我处理的。

母亲看着我，老半天没说话。

很久以后的一天，母亲在道边上又瞧见了那个女人，母亲赶紧让她的孙子喊奶奶。可是，那一个母亲似乎浑然不觉，眼直直地瞧着前方，走过去了。

母亲站在那里，瞧着那个背影，眼泪扑簌簌地流下来。

口 罩

谁看到那个口罩？麻烦您，一定把它给我送回来。

收音机里传来那个老太太声音时，我不由打量一眼旁边的小包。我当时心情很烦躁。因为刚和女友吵了一架。

但半个小时后，我还是出现在那个老太太面前。老太太一把抓起那个包，迅速打开，抓起那个口罩。是它！她嘴角抽搐着。谢谢你！

每个出租车司机都会这样做的。我说，可是，这口罩对您真的那么重要？

老太太似乎有点羞涩地笑了。她把口罩展开，说，小伙子，你看这上面的字？于是，我发现口罩的四个角上各有一个字母：L–O–V–E。

我也笑了。

想听那个故事吗？老太太问我。

我点头。

于是，我知道了那个故事。

那是很多年以前的事了。你知道“非典”这个词吗？

当然。我点头。一种很普通的病。

是啊，现在看来是很正常的病。可那年春天，这种怪异的病很快像瘟疫一样袭击了全国几个城市。那时，任何人对它束手无策。免疫力差的人，会很快被夺走生命。北京城的街头上，人们都戴上了口罩。即使熟人走个迎碰头，也互相不认识。这是一种传染性极强的呼吸系统疾病。患者一经发现，就被严格隔离！

那时，我还是一个年轻的护士。我主动要求参加救援小组。所以，接触到很多病人。他们中很多人的眼睛里写满恐惧。实际上，这种恐惧对于他们的治疗毫无帮助。

那小伙子是在一个下午给送来的。我从车上把他扶下来时，他说，你别扶我，我还能走路。他的眼睛告诉我，他正在笑。尽管他戴着口罩，我还是感觉到了。

他根本看不到我的模样，我那时武装得整个身上也只露着两个眼睛。

他和别人不一样，看上去非常乐观。我在给他扎针的时候，他眨着眼睛，突然问，你觉得我们这样子好玩吗？我瞪他一眼。

应该说，他的危险，在于他曾是一个肺病患者。所以，病情使他很快不能说话。我们的交流开始用笔。他在纸上写字给我看。他写一手漂亮的钢笔字，就在那时，也还是一笔一划，非常认真。能给我找本书吗？他写道。

我给他找了一本《钢铁是怎样炼成的》。

他看着我，眼睛眯了一下，写道，谢谢，我知道你的意思。

我是在那次给他抽血化验时怦然心动的。一不小心，竟有一滴血沾到手套上。他的样子很焦急，他皱皱眉头，说了一句什么我没听见。我知道，那时候他已经很痛苦。他比划着要纸和笔。他写道，不要管我！马上去清洗！

我看他一眼，心里一热。

此后，我们彼此默默地注视，成了每天心照不宣的交流。我觉得自己是对他有点好感了。有一天，他写道，尽管我看不到你的脸，但我看到了你的心。

于是，那一天，我走进病房，手里拿着一个新的口罩。我用了半个晚上，在口罩的四个角上绣上了这四个字母。他看到了！他的眼角有泪滴悄然滚落。我帮他把口罩换上。他什么话都没说。只是呆呆地看我。于是，我见到了他的样子。那是一张棱角分明的脸。

就在第二天，我觉出了身体的异样，很快有了发烧症状，而且一下子就是高烧。我知道，我已变成一个非典病人。

我要求把我安排在他的隔壁。

接下来，我们需要共度难关。

他看到我的时候，眼睛瞪得很大。看上去非常痛苦。他在纸上写了几个大字：是我害了你！我在纸上写给他，不是的，是冥冥之中的，安排。

那是段苦中寻乐的日子。尽管那讨厌的病魔让我们身心疲惫。可是我们俩都表现得非常兴奋。有时候，我们会把对方画成可爱的小人，展示给对方看。我打电话让家人给我做了一个同样的口罩戴上。许多时候，我们就那样躺在床上，彼此看着对方的眼睛，端详着那四个字母。

有一段时间，我发现他目光呆滞。给我的字也只是那几个，坚持下去！我知道，他的艰难时期到来了。我每天给他回话，挺住！一定挺住！

过了不久，我就恢复健康。可是，在我出院的那一天，我的同行流着泪告诉我，他死了！其实，他早就离开人世。后来，躺在床上的是另外一个病人。是我的同行刻意安排的。

我发疯似地去寻找他的坟墓！

我在他的坟前哭了整整一个下午。

他在世上留下的最后几个字是，别把我的死告诉她。

老太太此时抑制不住自己，早已是泪流满面。

离开老太太，坐进出租车的时候，我立刻掏出电话，拨打给我的女友。拨通了，我半天未语。后来，我说，我要给你讲个故事。

哈　酒

写小说的老宗，是回老家过年的。

老家在农村，既偏，又远，倒三四趟车才到。老宗媳妇儿自从跟他领了结婚证，就再没去过。她说她害怕老宗家栏里那头猪。农村人上个厕所，得去跟猪争地盘儿。城里的老宗媳妇儿跟猪斗过几次，彻底投降。

老宗现在也斗不过那猪。

但你却不能因为这就不回家过年呀！父母在老家，还有一大堆的七大姑八大姨，不回去，说不过去。

过年当然得哈酒。

老家人管“喝”叫“哈”。

老宗酒量还成，那是在城里头。回到老家，就彻底蔫了。城里头哈酒用高脚杯。主陪带一杯，副陪再带一杯。好啦，展开。一般来说，一个酒场哈多少酒，心里有数。老家人哈酒用酒壶、酒盅儿。不起眼儿的小酒盅，一开始根本瞧不起它，可哈起来，就明白不好计数。忽悠忽悠，哈高了不是？

老宗哈高好多次。后来，每次都对小酒盅心存戒备，结果还是吃亏。

何况，这几天，酒局安排得密不透风。

在城里，老宗连根葱都算不上。比他有本事的，一砖头砸好几个。但一回到乡下，就算个人物啦。村里在外头混成能人的，也就三五个。老宗稳居其中，但名次不靠前。县委看大门的王麻子、县政府招待所干领班的凤丫头，都在老宗之上。老宗虽在市里，在乡人眼里，却只在三四名上下浮动。论交际能力，他还很嫩。文人发疯有一套，你让他要手腕、跑门子，还真不行。

老宗倒是赚了个“实在”的名声。

村里有到市里的，找到老宗，他总是竭尽全力。多数办不成。就想法弥补，比如把来人灌个烂醉。老宗有个好处，不摆臭架子。事儿办不了不要紧，你得有个好态度。

还有一点，只要在老家哈酒，老宗从不耍赖。这样，每次都很狼狈。只有年三十晚上那场不累。跟老爷子，爷儿俩对着头，不必分主宾主陪。关键是，跟自己老爹哈酒用不着斗心眼儿。

初一那天晚上，就不一样了。

老宗的几个本家叔伯、堂兄弟一年一度，汇聚一堂。

这次酒局设在老大家。

一开始，几个兄弟都有点儿拘谨。一个个双手插在两膝中间，搓来搓去，貌似很沉稳。老大先发话，咱老少爷们儿凑一块，废话不说啦，一个字儿，哈！咣当咣当，一气带了十二个。说是带一年的酒。老宗闷着头，哈酒，吃菜。他怕一不留神，嘴里溜达出后现代主义来。

接下来，老二带酒，老三紧随其后，老四不甘示弱，吱溜一声，一滴不剩。

老大这时建议，先歇一歇，给老爷子端个酒。众人积极响应。老四酒量最差，脸红了，舌头拧着，咋呼得倒最响。晚辈太多，一个一个挨着敬，几位年纪高的受不了，于是推选老大做代表。恭恭敬敬起身，斟满酒，亲手递上。长辈此时面若核桃，笑一声，好儿子啊！没白拉扯大啊！用手掌平托着两个酒盅儿，另一手慢慢捏起一个，送到嘴边。

老宗觉得很温馨。

多好啊！这才叫过年哪！

这边，开始捉对厮杀。老宗开始话多。话题主要在猪啊羊啊鸡啊，以及地瓜、玉米棒子上。他想与别人沟通，就得主动去找话题。

混战开始。老爷子们知趣地撤离现场。

老大跟老四划拳。嗷嗷直叫！

老宗主动出击，挨个儿碰两盅，脑子就开始生锈。好几次，文学词语开始随着酒嗝儿出来遛弯儿。再后来，彻底刹不住车，开始大谈官场腐败，大谈萨达姆、本·拉登。

大谈什么都无所谓啦，反正都晕了。

高潮在这时如约而至。

老四跟老三先出现争执。

老四认为，老三酒盅里还有数滴，可以养条鱼。老三左手捏着酒盅，像举个话筒，冲着老四的脸，我要没哈净，我就是这个！他右手五根手指在桌子上爬了一下。老四一拍桌子，别耍流氓！你一贯这臭毛病！老三把酒盅摔到地上，你个王八蛋，你骂谁呀？老四还击，是你先骂人，还是我？

哈酒前一直闷不作声的老二，挽了挽袖子，嚯地一下站起来！你俩要哈就哈，不哈都给我滚蛋！

老宗瞅瞅这个，再看看那个。

一股尿意冒出来。

他踉跄到猪栏门口，一下煞住身形——居然还能记起曾受过猪的欺负。片刻之后，老宗不怕啦！他嘟囔着，我可哈多了，最好别惹我！但老宗一推门，迅速撤回。栏内分明夹杂一股浓重酒味。看来已不止一人捷足先登，且翻江倒海。

老宗还是斗不过猪。

他怕那猪也哈醉了。

老宗正在墙角奋力把尿尿得更直，更远，屋里已乒乒乓乓起来。吵闹声中，居然还有女人！嗒嗒嗒，炒豆子一般。老宗分不出是谁家婆娘。

他悄声说，跟没文化的人哈酒，真累啊！

可就在一瞬之间，老宗莫名其妙心里一疼！他很清楚，老三和老四从小就这样。哪怕今晚抓破脸，明日照样头对着头哈酒。老宗也很想和从前一样，跟他们打啊，闹啊，拍桌子啊！可做不到啦！

他现在属于另外一个世界。

老宗摇晃着身子，抬起头，目光投向越来越远的漆黑的天空。

有零星的鞭炮声传过来。

老 六

老六说，我在车站。我说，我去接你？他说不用不用，我知道路。

当时，我正在厨房里，对付一条活蹦乱跳的鱼，俩手都没闲着，手机是闺女举到我耳朵边的。闺女就问，谁呀？我说，你六大爷。闺女一咧嘴，我家的大爷咋这么多？

我一边刮鱼鳞，一边说，你爷爷那辈，有兄弟七个。到你爹这一辈儿，男孩子开始排行，你知道有多少？十五个！排行你懂不？就是咱们家族里面，整个同辈儿的男子，按出生年月排序。闺女说，这我懂。你排第几？我说，我排老九。闺女哈了一声。

老六其实比我大不了多少。准确地说，大五个月零三天。

老六摁门铃的时候，我已经整出一桌菜。老六爱喝啤酒，我早去门口的超市搬来两箱。老六进来，用塑料袋提个西瓜，在客厅转一圈，似乎没找到地方放。我媳妇儿赶忙接过来。老六低下头看脚，说，需要换鞋吗？我摆手，不用不用！他就搓着手站在沙发旁。

闺女从她卧室走出来，老六刚向前弓着身子坐下，又站起来，啊呀，这孩子长这么高啦！闺女说，六大爷好！老六笑得很开心，稍微有点儿夸张，脸上的皱纹更加星罗棋布。他的脸好像更加瘦了，下巴尖尖的。突然又说，忘了洗手了。再次站起来。又说，天真热啊，怎么这么热？

开始喝酒。媳妇儿一个劲儿地让菜，六哥，尝尝这鱼，吃呀，肉末粉丝得趁热吃。老六伸手拿起筷子，在就近的盘子里夹起一点，放进嘴里，随即放下筷子，双手并着夹在两膝间，又沉默了。我说，喝一个。他便举起杯。媳妇儿热络一阵，也就没了话，不住地扭头看电视。老六把手伸进口袋，又抽回来，额角亮晶晶的。我说，你把褂子脱了。他说，没事儿。

一人喝了两瓶，老六要求吃饭，很坚决。

吃过饭，我建议出去逛逛。老六立刻站起身来。

路灯亮了，街边小吃摊摆出来。老六伸手掏出一包烟，递给我一支。我说，我忘记给你拿烟了。老六嘿嘿一笑，我知道你媳妇儿不让。老六吐出一口烟，声音很大。再次说，可把我热坏了！我说，我让你脱了褂子嘛！他说，当着弟妹的面，哪好意思。他把褂子脱下来，搭在肩上。

转过街角，广场上聚满了人，在跳舞。老六停下，看了半天，眼里亮闪闪的。我忽然想到，老六到现在还单身。

又向前走了一阵，老六突然提议，再去哈点儿？

我一愣，怕听错了，哈酒？我这才意识到，老家把“喝”是称作“哈”的。

他像是不好意思，我觉得还没哈够。

我说，想哈咱回家啊，我整了两箱呢！

在你家，哈不起来。

我恍然大悟，那好，去路边小摊儿。于是，我俩在路边一张小桌子旁坐下。我回身招呼，炒两个菜！土豆丝，辣一点儿。肥肠，也要辣。啤酒要冰的。老六一伸手，把背心也脱掉。看着我，你也脱了吧。我一笑，这不好吧，都开奥运会了。老六就又把背心穿上。

啤酒倒上，老六端起来，来，干一个。我举起杯子，笑，你说咱俩这叫什么事儿？老六嘿嘿一笑，伸手去抓碟子里的毛豆。老九，你知道吗？我就想来跟你哈个酒。你一年到头，也回去不了两次。

我叹口气，举起杯，一饮而尽。

你说，就这天气，

在这城里，像火炉子一样。咱们山顶上，院子里，呼呼的风刮着，菜园子就在天井里，摘几根黄瓜几个西红柿，拿水一洗，咔哧咔哧啃着，那样哈点儿，多好啊！

两三瓶酒下肚，老六话多起来。而且，有了新建议，划一拳咋样？

我看看四周，不行，警察会抓咱们。

他搔搔头皮，压指头，谁输了谁喝。我说，这主意不错。划响拳，我是不如你。但压指头，我还是略占上风。不一会儿，老六已输掉两瓶。他舌头开始拧。他说，来，剪刀石头布，我就不信我整不过你。我说，那我更不怕，我整天跟你侄女练，不信你就试试？

结果倒出我意料，我开始大输。我们离开的时候，一个小姑娘蹲在那里，数了好半天酒瓶。

回到小区，我跟老六坐在楼下的小花园，胡吹海侃，一直到深夜，说了些什么都忘了。第二天一大早，我还没醒，就听到手机响。迷迷糊糊接起来，居然是老六！老六说，我已经到车站了。

我在城里住了将近二十年。乡下的老六这是第一次到我家里来。

吕　旦

山东也有地方戏，而且还不少。能称为“鲁粹”的，是吕剧。小时候，我很喜欢吕剧。大了，仍喜欢。

那时，村里人都能来那么一两段儿。我家，就有好几个人能唱。我四叔、二姑、三婶，唱得都还行。当然，比人家名角李岱江、郎咸芬差点。年前年后，几个乡亲，自发地一合计，一个业余小剧团就成立了。家什几乎每家都有，从墙上取下来就是。也不必排练，就几出小戏，《小姑贤》、《李二嫂改嫁》、《王定保借当》、《墙头记》，词儿都熟得不能再熟，情节简单，人物也不复杂，谁都能领衔主演。戏台一般搭在场院里，四个角上，挑几盏马灯。锣鼓架子哐喳喳一响，开始。

我还是孩子的时候，喜欢闹，人越多越好，场面越乱越来劲儿！最好有人出洋相，比如，几个演衙役的，随着锣音点，叮叮哐，叮叮哐，咚！俩人面对面撞一块儿啦！稍稍大一点儿，开始喜欢主角。先是喜欢男的。“马大宝喝醉了酒啊忙把家还，只觉得，天也转来地也转——”嘿，好玩！

后来喜欢女的。

男孩子一般都这个过程。

这喜欢，就不怎么纯粹。很朦胧，既矛盾又幸福，丝丝拉拉的。有时，弄不清楚自己喜欢戏里的人，还是喜欢那唱戏的。现实中人，大多熟识，一化装，咦，不一样啦，举手投足，无边风流。

于是，多了样爱好，到后台，看化装去。孩子嘛，女人也不躲避，当你面就换衣服。急了眼，照你头上一拨拉，去，一边玩去！

那回，邻村来个剧团，搞巡演。我们几个孩子照例钻进后台。突然，发现一件更刺激的事儿！——演李二嫂那人，居然是男的！

——在刮胡子呢！

怎么会这样呢？那飞波流转，娇滴滴的声音，还有，那兰花指。男的？这感觉复杂了，有点喜欢，有点讨厌，还有点恼。

要说的人，就是这唱旦角的男子。

我们邻村，叫吕匣店，村人多姓吕。男子也姓吕。据说曾进过县吕剧团。不简单啊！比我四叔他们剧团高级多啦。一炮走红，不但全县到处转，而且还能弄个正式演员当当。后来明白了，这人永远甭想转正，他是被撵回家的。

作风问题。

不是小事儿啊！

男人细皮嫩肉、唇红齿白，标准一美人坯子。县团有个一线小生一眼相中他，盘算培养个接班人。后来，不对劲儿，这小子一翘指，一张嘴，浑身上下就氤氲着女性气息。小生忍痛割爱，将他荐给一个女旦。

出乱子了，没几天，就让女老师那打篮球的丈夫打个半死。

事后澄清，纯粹误会。

男人姓吕，唱吕剧，又是旦角，因此，团里人称他吕旦。这外号不雅，听不仔细，像是驴蛋。但他不介意。

吕旦谈过一次很艰难的恋爱。

剧团有个女孩，崇拜他，后来，近乎痴迷，整天围着转啊转，就转出火花来。直到女孩爹妈介入。老两口搞了次暗访，去看演出，《小姑贤》。俩人在台上，一个嫂子，一个小姑。看罢戏，老两口笑问闺女，哪个是女婿呀？女孩扑哧一声，你们猜，使劲猜！使劲猜也猜不出来，闺女憋不住，公布答案。这婚事立马就黄了。你做戏子不要紧，怎么还整个不男不女呢？据说，分手时，俩人执手相看泪眼。女的称，终身不嫁！男的发誓，终生不娶！

不久，女人嫁了。

吕旦也就放开了。男人放开，不免就闹点绯闻。他倒践行诺言，没再娶。即便想娶，难度也大。正儿八经的女子，谁跟他？不正经的，他还怕看不住。据传，他经手的女人颇多。后来，胆子大了，跟女师傅在床上学戏，被打篮球的从被窝里提出来。

这次却不是误会。

吕旦在医院里躺了整整一个月。

出院后，回老家。还是唱。而且，更痴，更迷。这人从剧团带回套行头。就那么对着镜子，涂脂，抹粉，挑着兰花指插钗花。继而，穿上宽大的花花绿绿的戏服，出了门，踩着石板路，往村口的场院移去。村里头大人孩子端了粥碗，夹着马扎，跟在他后头。有人取了弦子、铜锣，随后赶到。吕旦不多话，略略冲伴奏者颔首，微笑。遂见他衣袖轻挥，腰肢轻扭，兀自唱起来。后来，伴奏的没啦。地里活儿忙，谁还顾他？看的人也渐少。最后，就他一个人，在空荡荡的场院里，清唱。

再后来，躲在自家院子里唱。

“李氏女坐偏房，泪如雨洒。”

唱着，唱着，嘤嘤地哭。

左邻右舍隔了门、爬了墙头来瞧，见吕旦弓着身子，拿雪白的水袖捂着脸，身子一耸一耸。

人呢，说老也就老了。吕旦的嗓子却没变，一出声，依然清脆，依然婉转。可又有什么用？没人欣赏。大家都认为,这人脑子有毛病。有人说，一到晚上，老头儿依然唱，依然化装。那所房子，就有了神秘气息。

谁在乎一个怪物的死活呢？吕旦死在屋里好几天才被发现。穿一身鲜亮的戏服，脸上浓墨重彩，躺在地上，像嫦娥奔月。

这人果然终生未娶！

怪的是，几天后，在他的坟四周，陆续多了好些个五颜六色的花圈。我前几天回老家，村里的人还绞尽脑汁地猜，到底谁送的呢？猜不出，就心照不宣地笑，一边说，这人，真正花了一辈子。

老 耿

一个派出所，好比一只麻雀。天津话讲，吗人都有！所长、教导员、副所长、副教导员、警长、副警长、片儿警、治安警、户籍警，还有不在警察序列内的，比如，联防队员：穿着上跟民警没啥两样，神态上，有的比正式民警还牛上几分；再比如，户籍协管员，多数是嫩葱般的小丫头，手指在键盘上飞成两只小蝴蝶，走起路来，小胸脯挺着，脚好像不沾地，很赏心，很悦目。食堂里还得有一个两个做饭的吧？这么大一家子人，个顶个吃起饭来跟土匪似的。而且，众口难调。一般人，还不一定能伺候得了呢！

老耿就能。

老耿是个瘦子。不是一般的瘦，是那种你想象不到的瘦。再紧巴的衣服，到他身上，也显肥大。有风吹进去，能鼓成气球。

老耿不光做饭，还管着好大一摊子烂事儿。

派出所四层楼，房间就不少。每个房门钥匙，都额外放他那里一把。老耿把所有钥匙都贴了白胶布，用圆珠笔写上字儿，穿在个大铁环上。在食堂以外见到他的时候，他手上必定拿着那串钥匙，像哪吒手里的金刚圈，一前一后摇晃，哗楞，哗楞，哗楞，很有节奏。

他这人腿脚特别麻利。

干这差事的，腿脚不麻利能吃得开吗？

这间屋里的门把手坏了，那屋里要在墙上挂牌子，纯净水喝光了，电源插座不好使了……大家走到门口，或者站到走廊正中间，扯起嗓门儿，老耿，老耿，老耿！先听到一声回应，然后，那钥匙声节奏明显加快，哗哗楞，哗哗楞，老耿出现了。

老耿做的饭菜，算是比较让大家满意。

派出所的食堂，不可能整得像饭店。这么多人，饭菜稍稍上个档次，就是一笔不小的开支。大当家的也头疼。顿顿鸡鸭鱼肉？银子是那么好搞的？再说，花钱的地方，多的是！可是，大家既忙又累，伙食上忒差劲，也说不过去。

所长抓着头皮跟老耿商量，能不能既省钱，又做得好点儿？我知道，这是为难你。

老耿一脸庄重，我尽量吧，尽量！

他的确尽量了。尽管多是寻常蔬菜，但老耿能频繁地变换花样。老耿腌制小咸菜是一绝。小黄瓜、芹菜根、水萝卜，油焖得清脆爽口。满满的一盘，摆到桌上，转瞬间就不见了踪迹。

饭做好了，老耿站到院子里，仰起头，吹哨子。三声哨响，楼里就传出丁丁当当的碗筷敲击声，像走出一支刚刚组建的乐队。

老耿，今儿中午有肉吃吗？

老耿仍是一脸庄重，有，有啊，我精挑细选的排骨，一大锅呢。

问的人，明明知道这是不现实的。

于是，与老耿对着脸，咧着嘴乐。

派出所民警加班加点的时候多，随意性强。不像有些单位，到吃饭的点，所有人一个都不少。在派出所，几乎没有早餐、午餐、晚餐这种划分法。有时候，正吃着，报警电话进来，扔下饭碗就得走人。想凑齐人再开饭，不可能的事儿。老耿四下一瞧，就知道谁还没到，于是，单独把饭留出来。不管什么时候去食堂，哪怕是夜里出警晚，回来肚子开始叫，老耿都会起来给你烧火做饭。

显然，派出所少不了这样一个人。尽管，平日里感觉不到他的重要性。但那几天，所有人都感觉到了。

老耿罢工了！

他准备炒派出所的鱿鱼。

老耿跑到所长屋里，把那串钥匙哗啦一扔，我不干啦！所长半天没回过神来：这老爷子什么时候发过火呀？还没等他开口问，老耿早出门去也。

那天中午，大家都没听到熟悉的哨响。一开始没在意，后来，互相串门。咦，怎么不吹哨了？啥时候吃饭哪？饭当然吃不成啦，各人想各人的办法去。晚饭依然没着落，现找人也来不及呀！大家这才意识到生活发生了改变，一下子少了很多东西似的。

所长还在寻找答案，终于，大悟，是一个民警把老耿给得罪了。

所里丢了俩警用手电筒。该民警开玩笑，老耿，拿回家哄孙子啦?

就这一句话，老耿恼了。

所长把那民警喊去，好一通训，嘴皮子痒痒是不是？找块砂纸打磨一下呀！老耿干多少年了？是那种人吗？给你两条道：一、从今以后，你做饭。二、立马开车去，把老耿接回来!

那民警选择后者，乖乖地去，灰溜溜地回来。车上自然没有老耿。老耿说了，你不是警察吗？你啥时候把那案子破了，我啥时候回去!

所长哈哈大笑，那还愣着干吗？查吧!

还真就给查出来了!

是刚招聘的一个联防队员干的好事儿。

哨声响起来。大家纷纷走过去，对老耿表示亲切慰问，大多带有半开玩笑的性质。对这瘦老头儿，无端又多了份别样的感觉。

老耿系着白围裙，弓着腰，手里拿把勺子，站到大厅中间说，说实话，你们都和我儿子差不多年龄，我老感觉，你们就是我的孩子。看着你们整天没白没黑，我也心疼。我就想，为你们多干点力所能及的事儿。我不怕跑腿！可我这人，一辈子没被人戳过脊梁骨。别的玩笑，怎么开都行。说我偷东西？我，我丢不起那人!

老耿眼里亮晶晶的。

爱情谷

有一次，回老家过年。俺村的支部书记兴许觉得老宗算个人物，叫几个班子成员凑齐了喝酒。三杯酒下肚，老宗老毛病就犯，开始忽悠：“你得想办法搞旅游！”支部书记眼睛一亮：“你与我不谋而合！”

原来，支书正想开发村后头那道山沟。

“叫爱情谷？咋样？”支书红着眼看我。

我一拍桌子：“这名字高啊！谁说村里人没文化？”

“兄弟，你说，现在城里人缺什么？”

我摇摇头：“不知道。”

“城里人,看上去什么都不缺。物质、文化？不缺！缺什么？缺爱情！”支书话音未落，妇女主任抿嘴低头一笑。

我简直要五体投地！支书这话对极啦！

村主任此时一脸庄重：“我看这事儿，得找个文化人来鼓捣一下，拿个方案。”

支书大手一挥：“不用！文化人的肚子里不是酸水，就是坏水，搞歪门邪道有一套。办正事儿，没一个行的。咱自己弄！”

老宗到嘴边的话，被硬生生地噎住！

“要干就干大的！既然叫爱情谷，咱就把所有出名的情人，都弄到一条沟里！比如，贾宝玉林黛玉，梁山伯祝英台。”

妇女主任插话：“杨过，小龙女。”

会计一本正经，突然说：“我琢磨着，还得加上你跟咱支书。”

妇女主任在会计大腿上狠劲儿拧一把，会计笑得面部扭曲，支书指着他的鼻子，也笑：“你个熊孩子！”

出纳是个小闺女，村主任未来的儿媳，红了脸："俺觉得既然这么大个创意，就连国外的也得有，罗密欧与朱丽叶。"

支书笑问一句："什么，欧叶？"小丫头重复一次。支书眯缝着眼看村主任："你这媳妇儿有文化！她这一说，思路更加开阔。"他两只大手一比画，"就分两块，一块国外的，一块国内的。"

村主任说："你们说的这些人，用木头还是用石头做？"

支书说："你个老土！得用蜡像。"

会计这次正经了："花不少钱呢！"

"鼠目寸光！不花钱咋挣钱？"支书说，"下一步，咱卖地，卖山林。北面那一坡石头，那不是钱吗？钱不成问题，关键是胆量！"

本以为这帮人闹着玩儿，没想到这事居然成啦！那道山沟沟，还真就成了爱情谷！几个写诗的男女，听说我老家有如此风情，非要去看看。

结果，大开眼界。

一进山沟，就见一个巨大树桩，上书"爱情谷"三个张扬大字。村主任的手笔。村主任前些年写春联，拿集上去卖，据说赚了不少银子。那字儿写得乌黑乌黑的，很讨人喜欢。

村主任的准儿媳妇当导游。一进门，她先指指左边："那就是罗密欧和朱丽叶。你们看，朱丽叶在窗子里头，罗密欧趴在外头。唉，一对有情人，执手相看泪眼，竟……竟然无语凝噎……"论辈分，这丫头得喊我叔。她情绪转得倒快，突然说："叔，你抬头看两面坡上，那是牛郎，那边是织女。"

我连连点头："杏儿，你去忙你的，我们自己逛。"

迎面一座四合院，门口俩人，一老一小，老的伸手指点门额上"荣国府"三个烫金大字。老宗当然知道，是刘姥姥跟她孙子板儿。入内，前左右三面都是门口，先进正中间，贾府的几个老爷们端坐在那里，一个个却也可爱。

刚要退出，突然一阵美妙的曲子缭绕在耳边："好一朵茉莉花！好一朵茉莉花……"循声望去，原来是妙玉在左边屋里！妙先生一袭尼装，做焚香状。她脚底前方摆着一台小型录音机，那歌声，正从那里发出来。

拾级而上，又一处院落，却有黄梅戏缠缠绕绕："树上的鸟儿成双对，绿水青山带笑颜。"迈步过去，左边屋里宝玉、宝钗正在拜天地，右边一间却有一白衣美女侧卧床榻，眼见得奄奄一息，正是那天可怜见的林妹妹！

黛玉床头，同样的录音机，正大声歌唱《天仙配》。

你想，这音乐响在黛玉房里，其创意是不是惊天地，泣鬼神？老宗正在感叹，一扭头，诗人们已不见踪影。恍然顿悟，这帮人醉翁之意不在酒也！

峰回路转，突见两人立在一个凉亭上，指指点点，似乎在吆喝：“老宗，你也来啦！”果然是梁山伯与祝英台！

再往里走，似乎已到尽头，小路左拐上山，半坡有一指示牌，“梁祝学堂”，是山下那俩人同窗共读的地方。得去看看。老宗怀着极其复杂的心情，站到门口！

“这条件，也太差了吧？”我一声感慨！

屋子里，两排布满灰尘的桌凳，简直跟我上高中时用的一模一样！

来这儿上学的，可都是大款家的孩子，都是缴足学费的啊！

本以为就此下山。顺小道转过去，却意外瞧见一块大石旁有一男子孤零零的背影。此人背一把宝剑，山风袭来，一只袖管兀自空荡荡飘起，身边立了一只雕。我已明白他是谁，遂悄然走过去，轻轻拍他肩膀，杨兄，你姑姑小龙女，还没消息？

杨过不语。我亦无言。

那大石上，仍然是村主任的字：绝情谷！

几位诗人山下会合后，笑得前仰后合。

一美女吟道：“是谁，在恶搞我们的爱情？”

一男士回答：“莫非是，可爱的写小说的老宗？”

老宗并不笑：“诗人们，别以为你们写几首诗，就很文化。知道这情人谷一年收入多少钱？说出来吓死你们！自开谷以来，这里游客络绎不绝！而且，都是文化人。”

几个人都好一阵子不说话。

不跟你玩儿

老宗这人，先前狐朋狗友很多。所谓三教九流，无所不有。

时间一久，不免遭遇些尴尬事儿。

酒桌上一凑，此君与彼君，都分别与老宗相好，谁想到暗地里俩人却是前世今生的冤家，斗鸡一般，说起话来，刀光剑影，火花四溅。

那江湖，就不是一般的乱！

有时遇到更干脆的，直接在电话里挑明：老宗，你要是喊那鸟人去，我让他立着进去，横着出来！吓得老宗干脆取消酒局。

后来，老宗慢慢琢磨出个道理，为人这一世，朋友不在多，在于精，要达到精，得不断淘汰，而要想淘汰得不露痕迹，还得熟练掌握一门艺术，叫拒绝。老宗一位大仙级老姐，曾直言不讳，你这人吧，什么都好，就是不会说“不”。其实,只要你把这个字说出口,心里就舒坦。不必硬着头皮，去做你不想做的事情，何乐而不为？

姜还是老的辣啊！

比如，有些人的邀请，原本就是虚情，就是假意，就是场面话。你居然当真，居然不拒，着个脸，硬看不出人家心思，不是找不痛快吗？

后来，老宗开始小心翼翼尝试说“不”，果然有奇效。就说这天，老宗接一个电话，不知为何心中顿生拒绝意，硬是辞掉个酒局。回家一高兴，自己跟自己喝了两大杯。

来电的此君，原本当地土著。几年前，决定北漂，后来真漂过去啦！顺便，连老婆也拉到漂筏之上。忽一日，称自京城回。先前都是酒桌上鬼混的狐朋，谁不知道谁那点破事儿？但这次忽地就有了距离感。该大人张口闭口就是几百万大生意，老宗鞋里掖着五十大元私房钱都心惊胆战，不敢与老婆直视，哪经得这般惊吓？于是，整整一晚，惶惶不安。

心道：这大城市，真是锻炼人哪！

此前，有过先例。一个当年走路贴墙根儿的，到京城三十五天回来，直接不一样啦！鼻子朝天，跟人说话，眼白多眼黑少，嘴里那话，让你满世界都找不到北："我一个电话，那谁谁马上就过来，比 110 还快，你信不信？信不信？""谁谁"之流，一般都是在电视屏幕上，让我等普通老百姓瞻仰的。因此，老宗也就递个大脑袋过去，眯眼，仰视，一愣，再一愣。后来，不愣了。另一个熟知此君的朋友，一语破天机：听那小子忽悠，过年都会过错！

又过数日，北漂君偕夫人再次返乡，一朋友安排在一家北京饭店吃饭（难道是为了让这位先生及夫人不至于有不适应感？）。老宗荣幸被纳入陪酒团。老天爷！地道的北京人啦！那普通话说得！想起作家蒋韵写女人如何把孩子养得白又胖，用个词儿，老宗连呼想不到。她说，那孩子养得真叫个精彩！

那两口子的北京话说得，也真叫个"精彩"！

继续说那电话。

当时，老宗正在处理普通人的琐事。普通人经常被这种事弄得焦头烂额、心烦意乱，常常抱头、皱眉、叹息：哪怕让我过一天不普通的日子也好呀！正此时，电话进来，我一听，肃然起敬！

北漂君也。

"那什么，老宗（这称呼让我浑身一畅，但接下来，就开始起鸡皮疙瘩），我回来啦。今晚，咱聚一下，某某、某某，也过去。"

我的鸡皮疙瘩，正因这"某某"而起。

书中暗表，此二“某某”不但是吾好友，而且，师长级的。在我们这片水域，虽然不是威震一方，但也可谓行家。我见了面，毕恭毕敬或称老师，或称大哥。当然，年龄比我小的北漂君，在“未扎竹筏”之前，比我还要谦恭几分。而现在，居然直呼其名，而且不带姓，那口气，像是顺口喊个晚辈。

你说怎不让人鸡皮遍身？

他总算给我留面子，喊老宗（其实，我倒也不算很老）。但我有理由怀疑，他跟别人电话，难保不会这么说：“今晚，我叫了利华过来吃饭。什么狗屁作家？我一个电话，他马上就屁颠屁颠来！”

说不定，这电话正因此而来。

我那臭脾气还就上来了。我不跟你玩行不行？

于是，婉言辞之。

晚七时许，此君电话再次进来，只听得里边笑语喧哗，显然战事正酣。他让老宗忙完手头事，过去一聚。老宗打起官腔来：“哎呀，你不晓得，老宗现在被发配到基层派出所，整天鸡零狗碎。就一个字儿，烦哪！这不，俩女人打架，把脸都给抓烂啦！国人的素质呀，什么时候能提高一下……”

正此时，俺闺女“砰”的一声推开书房门，喊道：“老爹，谁跟谁打架？”

我还没反应过来，那头已经嘿嘿一笑：“那你忙，咱们改天聚。”

放下电话，暗自赞叹，俺闺女的出现，更叫个“精彩”！

花钱记

闺女听同学说，公园新开一家鬼屋。

“好好玩哦！”

那晚，她紧追不舍：“你答应带我去，你答应的，是不是？”我投降：“是是是，明天。”于是，去了。

买门票时，问那姑娘：“什么证可打折？学生证？记者证？”她点头：“都行。”

我嘀咕道：“可俺没有。闺女的学生证也没带。”

于是，门票四十大元。

进大门，闺女先去找鬼屋，等走近了，却紧张起来：“我有点儿怕。”我说：“怕什么，世界上根本就没鬼。”闺女说：“可她们说，那些鬼会抓人的脚，会在后面哇哇哇叫着跟人跑。”我说：“那都是吓唬人的。”为缓解紧张，我建议：“咱先去旁边的科幻世界玩玩。”

但接着，我就为此而后悔。进那里面，得另买门票。老宗父女，共计三十大元。

所谓科幻世界，就三个房屋。一个屋，两样东西在糊弄人，一个轨道上放一只球，一个轨道上放一根水管，证明球可以往高处滚，水可以往高处流。其实，是地面倾斜，视觉误差。第二环节，时光隧道，就是从一个闪着灯光的圆筒钻过去。第三个屋，是迷宫，到处立满镜子。我在这方面一向弱智，闺女拉着我的手，左转，右转，碰过几次壁，终于找到窍门——看头上，不能看脚下。

进鬼屋，当然还要交人民币，每人三十元。

售票姑娘问：“玩初级的，中级的，还是高级的？”闺女先接过话茬：

"初级的。"我点头赞同。

要是俺爷俩一个警察，一个警察的闺女，被吓得不知东南西北，岂不丢大人也？

初级玩法，就是不开总按钮，众"鬼"不能乱动，好比被拴住的狗，不会出来抓人，撵人。

老宗嘴说不怕不怕，但一进入那阴森森的地方，还是不免有些害怕。闺女在看到第一个鬼时，就让我抱着她。我说："别怕，假的！"我却紧紧抓住她的手，小心翼翼前行。

惭愧得紧，老宗居然也怕！真的怕！

四下漆黑，隐隐约约灯光闪烁，突然出现个鬼，就在你身边触手可及！曲里拐弯的通道内，冷不丁迎面就是个一袭白衣、披头散发、满脸血污的家伙！你还不能跑，也根本跑不开，有的地方得弯腰才能钻过。当然，还有软乎乎一段路，让你感觉像踩在人的肚皮上。

谁要第一次进这种地方，一点都不怕，老宗真的输他三大杯二锅头。

终于重见光明，闺女欢呼一声。我问："害怕吗？""怕！都快吓死我啦！"瞧，还是孩子诚实。大人其实也怕，嘴上却否认。所以，大人比孩子阴险。

接下来，老宗暗自叫苦。女儿站住不走了。这孩子从小就这样，想玩的，想要的，不直接提要求，而是，站着不走。

那叫什么，我忘啦。就是在高架轨道上乘旋转车。老宗虽说没有恐高症，但一向对此不感兴趣。既然孩子想玩儿，那就试试？于是，俺爷儿俩在半空中忽忽悠悠转老半天。真过瘾哪！闺女居然不怕，连下面的售票员都看出来："我看你闺女有说有笑的，你倒是挺紧张。"说完这话，微笑着："先生，你还没买票呢。"

又是四十大元！

老宗暗暗叫苦。这次来，钱包里的现钞储备相当可怜。于是，跟闺女商量："我不得不告诉你，钱花得差不多了，接下来，咱只能去不花钱的地方。"她抬头看看我："拿钱包来，我看看。"我趁机掰着指头给她算账："你看，我请你吃了顿牛肉面。还有，从一进门……"我一项项算下去，她不做声了。

接下来，我们去不收票的场地，大玩特玩。高架桥，荡秋千，攀绳索。嘿，早知这样，先来这里呀！

事情还没结束，最有意思的一幕出现。

闺女在一个小摊前再次站住，将一只花花绿绿的风车抓在手上，翻来覆去端详。我暗自夸道，俺这丫头，真有眼光！估计一下子把最贵的挑在手上啦！那风车我也喜欢。我知道考验我的时候来了。于是，不动声色："这东西多少钱？"

"十块！"

闺女立即把那风车放下。我钱包里只剩五块，她知道的。

我继续跟那商人斗智斗勇。

"五块，行不行？"

"不行！最少九块。"

"大门口那人说七块就卖，我们没买。"

"七块？我连本都收不回来。我七块五进的。"

我心里有底了，将几个口袋搜一遍，两三块是能搜出来的。于是，翻箱倒柜，最后一核算，感谢财神爷，我依然是个富翁啊！一共八块钱零一毛！

花了八块钱，闺女兴奋地举着那玩意儿，旋转起来。

往回走的时候，我问闺女："今天最大的收获是什么？"

"风车！我太喜欢这风车啦！嘿，老爹，你到处找钱的样子很好玩儿！"

皮影王

做皮影道具最好的原料是驴皮。选料是第一关，皮子厚薄要均匀，要有韧性。选好了，开始展压，压得平整光洁，这方才去刻。刻是要见功底的，人物躯干形象应早在你脑子里，一刀一笔，都要恰到好处。刻罢，雏形有了。这时，再压平整，一个平面人物形象就出现了。但这还不成，下个环节是上釉，加色。人物性格，需要用彩来体现。最后，才设置牵线、架杆儿。一个道具就算完成了。但，这仍是死的，要让它在幕布上活灵活现，还得要靠艺人的那双手。

小镇上的皮影王就有这么一双灵巧的手。

皮影王也许是真的姓张，叫什么，却完全没人知道。于大家来说，这本无所谓。大家都知道那有点驼背、瘦骨嶙峋、一脸严肃的幕后戏子叫皮影王。这足够了。

皮影王在小镇一角把行头一摆，叮叮当当小锣儿一敲，人们就三三两两拢过去了。人愈多，小锣也愈欢快。蓦地一下，嘎然而止！人物登场了，劈山救母、哪吒闹海、三打白骨精……当然也还有现代戏，王小赶脚，哪一部是不精彩的呢？大家仰了头，静静去看，一瞬就被吸进去了。再瞧，憨态出来了。有人笑出涎来，拿手一抹，暴叫一声，好！演完了，皮影王的那张脸才从后面转来，手一拱，并不多话。大家便将手伸进兜里，掏钱。不掏，也不计较。

其中有个传说，未知其真假，去问皮影王，他也只含笑不语。据说，当地一帮子土匪，烧杀抢掠，坏事干尽。解放军想一举捣毁他们，却苦于其神出鬼没。皮影王主动请缨，深入了匪营，表演他的拿手好戏，所有土匪都被那皮影戏吸引过去。待解放军冲进把他们包围，一场戏恰恰演完，土匪们正山呼叫好。解放军竟没费一枪一弹。

皮影王再次引起关注，就到了文革。大家突然发现，和皮影王一起被斗的，竟还有一个奇丑无比的女子。而且，大家这才得知，那皮影幕后的千变万化之声，竟只出自这一丑女之口！文革过后，皮影王就在人们的视线中逐渐消失了。他损失惨重，右手被小将敲去了四根手指。当然，于他来说，这还不是最惨重的。那个丑女人被折腾得受不了，自杀了！

事情往往如此，审视一件自己未曾参与的事，不过就象看一场皮影戏。看罢了，激动一番，也就过去了。时间把一切都打磨得平平淡淡。现在的年轻人，谁还记得一个摆弄皮影的人呢？那种节奏于他们来说，太遥远，也太缓慢。他们上网，搞网恋。或者，戴着耳机，听着迈克尔•杰克逊，在熙熙攘攘的人群中，快乐地扭动屁股。所以，当皮影戏和现代歌舞两场表演同时出现在这座小城一隅时，年轻人有理由选择后者。但上了年纪的，都闻讯背抄马扎，涌进那个演皮影戏的帐篷。

大家都很激动，多年前的那个皮影王又回来了！

演的，是《霸王别姬》。

老人们觉得这戏有点凄美悱恻，不似皮影王年轻时的风格。虞姬和项羽的伴音分明是出自一人之口。而且，那声音显然已缺了底气，满了沧桑。

大家都叹息，老了，老了呵！

但大家都被那流淌着的情韵吸引进去了。

故事的高潮出现在虞姬拔剑自刎的那一瞬，宝剑仓朗朗坠地，同时，又听"噗"的一声，那洁白的幕布上，竟洒满了斑斑点点的鲜红血滴！大家伙儿俱是一愣，迅疾爆出一阵掌声，那简直太逼真了！然而，掌声很快就歇了，幕布后面长久的寂然无声让大家感到了不详。他们纷纷转至幕后，都呆住！

只见一个鹤瘦身影颓然地倒在一张轮椅上，他的左手和两只脚上依然还绑缚着操纵皮影的架杆儿……

此时，帐外的另一场表演也到了高潮。

有个嘶哑的声音吼叫着，传来荡去，我的爱，赤裸裸！我的爱——赤裸裸！

身份证是个大问题

现在，我们让王大进出场。王大进出现在桃花谷旅游景点的山坡上。

桃花谷两侧山坡上贴着一个个蘑菇状帐篷，叫鸳鸯小筑。我们村长儿子懂文学，所以，取的这名很文雅，很作家。

王大进当然理解不了。他理解不理解也无所谓。一个收破烂的，知道那么多干吗？但王大进脑子不笨。他懂得利用旅游资源。他一边零售矿泉水，还捎带着干老本行，捡破烂。

今天，王大进却拣到一张身份证。

王大进眯了眼一端详，面熟。这个叫高明的人上午买过他矿泉水。王大进记住他了。王大进记住他，是因为他领个漂亮女人。那女人让王大进不敢抬头正视。女人太扎眼。太扎眼的女人任谁都会怦然心动。

王大进开始在桃花谷找。但没找到。一连三天，王大进急了。他对丢失身份证这事有切肤之痛。王大进结婚那年就发生了这事，想去领结婚证，身份证却不见了。王大进后来让村长出面，请了派出所的李警察。王大进在酒桌上表现得很没出息。他哭了。王大进说你们再不给我办出来，我那孩子就出来了啊。

因此，王大进有理由着急。

给人家送去。王大进终于下定决心。

老婆一听更急了。老婆声音震天，那人是你爹还是你妈？

王大进一般不和老婆吵，一吵他准吃亏。王大进给她举例说明，你看，咱俩结婚那事。老婆一听，脸就红。老婆说瞧你那份出息。于是，王大进争取到了进城送身份证的机会。

我们的城市向农民王大进敞开了怀抱。

王大进站在车站上，肚子很不争气地叫。他本来安排高明满足自已肚子的。他觉得让人家请顿饭吃吃不算过分。其实，王大进好打发，一碗拉面就行了，顶多再喝点二锅头。可王大进走出车站，想法就变了。他想，雷锋做好事盘算人家请客了吗？肯定没有！我王大进也不需要。

于是，王大进自已去吃了碗面。

二十分钟后，王大进站在了身份证上的那个地址。却傻了眼。那是一堆废墟！

王大进站在路边，一个人一个人地问，但没人理他。后来，王大进想起了警察。尽管我们的王大进怕警察，但为了解决身份证问题，他豁出去了。接待他的老警察态度挺好，让王大进很激动。王大进从警察那里取得重大进展。他知道高明单位了。马不停蹄赶往高明的单位，可一个女人告诉他，高明不在。问去哪里了，女人眼皮一翻，你问我我问谁去？王大进想要把身份证留下。女人却连连摆手，身份证不是小事，你别放我这儿。

王大进重又走在熙熙攘攘的大街上。正不知道接下来该咋办，眼睛突然一亮！他在人群中发现了那个很扎眼的女人。王大进就跑过去了。王大进的举动吓了女人一跳。她费了好大劲总算明白怎么回事。明白之后，女人脸上浮起一丝笑。女人说，我给你个地址，你送去吧。刚写下几个字，又沉默一下，干脆，我送你去。

王大进没意识到那是女人设下的小小阴谋。

他上楼敲开了一户人家。一个胖胖的女人开门，见了王大进，满脸疑惑。王大进说，我是来送身份证的。

高明的脑袋从后面出现了。高明知道什么情况后，却说，甭理他，说不定是神经病。说着就要关门。王大进赶紧伸手挡住。王大进说，你咋忘了呢？前几天，你和一女的来我们桃花谷，还买我两瓶矿泉水呢！

女人把身份证接去，就把狐疑的目光转到高明脸上。王大进看到高明脸上出现了恐惧。女人果然笑了。笑过后，猛地一下就把身份证甩在高明脸上，老虎一般就扑过去了。屋子里响起乒乒乓乓的声音。

这下大出王大进意外。王大进站在楼道里，摇摇头，然后，下楼。走在街上，他想，早知这样，就不来了。倒给人家添了麻烦。不好，真的不好。

王大进想的时候，路边一家音响店震天般响着一曲摇滚。王大进觉得自己的思维逐渐融进了城市节奏。完全没注意一辆摩托车在他身后悄然停下。车上一个人提着根棍子就晃过来了。王大进正瞧着音像店那张巨大的海报，后背上就挨了一记闷棍！王大进一下回了身，恍惚看到高明扭曲的嘴脸。脸上却立刻遭了一拳，鼻血就瞬时冒出。王大进的身体像一个装满破布的麻袋弹向了墙角。他双手捂着脑袋，后背上又被狠狠地踩了几脚。

我们的王大进沿着墙角软软地躺在了地上。

耳朵里，依然是那震天响的摇滚乐。

年　关

A 兮兮

兮兮是主人花八千八百八十块钱买回的一只小狗。

兮兮病了。

兮兮病的可真不是时候，病在了年关。新年的气氛开始笼罩这座城市了，兮兮却病了。男主人显然急坏了，男主人太喜欢这条狗，命根子似的。当然，男主人的太太更喜欢她。夫妻俩想了很多办法，甚至还在网上钻来钻去寻找治疗的资料。并自做主张给兮兮开了一些药，但兮兮很不配合，她不明白夫妻俩的苦衷，也不知道良药苦口利于病的道理。所以，俩人忙活了好一阵子，兮兮还是恹恹耷耷的，一副病态。

夫妻俩真着急了，他们想起省城有一家宠物医院。

为了不让兮兮受凉，太太还专门去购买了一件羽绒马甲。兮兮穿上以后，就很有贵族气息了。兮兮和她的主人就进了省城，省城当然年味儿也很足，虽说兮兮还从没到过省城，但她这次显然没心情欣赏风景。医生给兮兮做了深入细致的检查，最后的结论是她患了流行性感冒，需要打一针。那根细小的针管扎进兮兮身体的时候，男主人觉得像是扎在自己身上了，男主人很心疼，真的很心疼。

回到家里，两口子又对兮兮的起居饮食进行了调整，细化。妻子果断地建议该给她添一份鲜牛奶。男主人自然也很赞成，而且男主人坚持每天早上自己动手给兮兮煮奶。夫妻俩的努力总算没有白费，兮兮的精神状态好起来了。

新年到来，兮兮已经彻底痊愈了。

兮兮的新年食谱也非常丰盛，蔬菜、肉、蛋、奶，搭配得非常合理。兮兮当然就非常高兴。除夕晚上，兮兮一瞥头，瞧见了窗外五光十色的烟花腾空而起，兮兮就奔到了窗子边，瞧着窗外，兴奋地叫了一声，旺！

B 老太

老太觉得越老越没出息了。

人老了，就像一台机器超过了使用期，浑身零件都不行了。老太刚进腊月就觉得身体不适，可她咬牙坚持着。她可不想给儿子添麻烦。但身体是不给她做主了，过了小年，她就躺到了！是真真正正感冒了。

老太着急了。老太想，年货还没去买呢，就这么躺倒了，可怎么办？

老太想，要是儿子儿媳回来过年了，家里连点肉都没买，那可就太说不过去了。

老太一着急，病没减轻，倒象更重了。老太其实连药铺都不能去了，即使能去，老太也不会去的。到了年底，手里的花销好像就大起来，要买的东西实在太多，得买点蔬菜、肉吧？还有鞭炮，说什么也要买一挂一百响的。还有年历，要买一本，看看明年几龙治水。香、纸也不能少，到了年底，各路神仙都是要敬的。

老太一算计，吓了自己一跳。然后，自言自语，要是买了药，拿什么去买这些呢？

老太依然与疾病作着斗争。她知道多喝开水是管用的，于是，就不住地喝，但喝来喝去，病情却不见好转。直到年前最后一个小集过去了，老太仍没起来床，老太没了办法，只好让邻居给捎带着买了点年货，就等着儿子回来了。

可儿子托人捎来了信，他太忙了，不回老家过年了。

老太很失望。

但失望过后，也觉得有点欣慰。儿子是在外面闯荡的，人人都夸的，有自己忙的事，不回来就不回来吧。

除夕的晚上，老太挣扎着起了床。老太开始自己包水饺，包完了，屋子外边的鞭炮声也就淅沥哗啦地响起来了。老太扶着门框向外看着，心里想，还好，还有点余钱，年后小孙子来了，可以支压岁钱了。少是少点，可也是奶奶的一份心嘛！

老太想着，就笑了。

C 卫彪

卫彪是兮兮的男主人。

卫彪是老太的儿子。

卫彪觉得这年过得还不错。

稗 类

子曰跟麻子是邻居，住在一座破楼里。楼里很乱，一下班，走廊里满是人。有时，不怀好意的男人，手里提着东西，跟女人“会车”，故意弄错方向，张着手，脸贴脸，那么蹭过去，硬是蹭出小半天美妙。

这事儿，子曰做不出来。他是老师，基本也算作家，得注意点儿公众形象不是？尽管，有时会浮想联翩，琢磨一个荤段子里一句话——没钱也想吃老娘豆腐？浮想时，也能一脸幸福。

麻子不一样。麻子平时就属螃蟹。逮到这机会，一般还很螃蟹。但他逮到几次机会后，就再也逮不到了。女人被他蹭怕了，都远远地躲他。

子曰跟麻子从小一块儿长大。但大了后，不知咋的，见面却不太说话。人嘛！就这样，鱼找鱼，虾找虾。可后来，俩人却进行过一番交流。

子曰后来一想起这，就忍不住想抽自己两个大嘴巴。

楼下有一小片草坪。草坪边，有张老式长椅，供那些谈恋爱的男女坐。子曰瞅过几次，偶尔没事儿，屁股下垫张报纸，坐那里看书。

那天快到中午了，麻子一脸困状走出楼来。看天，看地，然后，看子曰。麻子冲他走去。走到跟前，子曰才抬头。麻子问：“带火了吗？”子曰答：“没有，我从不抽烟。”

麻子皱皱眉头，转身就走。可不知动了哪根筋，又一回身：“看什么呢？”

子曰递书给他。谅他也看不懂，所以，夹杂一丝炫耀。

“小——说——牌……稗…………——类？”麻子一字一顿，“我靠，你也研究牌？”

“这字儿不念‘pái’，念‘bài’。”

“败类？”

子曰那股文人脾气上来了。

“小说,不是小——说。小说是文学艺术门类。这‘稗’呢,是一种草。杜预为《左传》做注，就说‘稗，草之似谷者。稗有米，似禾，可食’。也就是说，能凑合着吃。不过，狗肉上不了大席。大年三十的兔子，有它没它都一样。”

“你的意思就是杂碎、渣滓？不就是败类吗？”麻子一脸严肃。

“可以那么说，但，不一定非那么理解。”

麻子不说话，转身就走。

子曰还想跟他解释一句话，“苟为不熟，不如荑稗”——就是米谷长得不好，还不如那些稗子！可子曰感觉麻子不感兴趣，于是作罢。

麻子一边搓着胳肢窝里的灰，一边往楼上走，那脸色很难看。就连一个女人迎面下楼，他都视而不见。往常，他会站在顶上，透过人家领口，看阵子风光的。

子曰继续研究那书。子曰看得很入迷,完全没想到自己一看就是半天。更完全没注意，从胡同口悄然走过两个人物来。其中一个，头发呈红色，脖子上系根很粗的黄链子。另一个，光亮的葫芦头，胸口纹一只大鹰，左臂上，一柄剑，右臂上，则是一个歪歪扭扭的字——“忍”。

那俩人直冲子曰走来。

子曰瞧见面前四条腿，猛地抬头。于是，腿肚子开始哆嗦。

红头发嘴里有块口香糖，不知嚼了多久。此时，很绅士地取出来，吧唧一下，摁在子曰额头上。子曰前额，顿时光芒万丈。葫芦头伸出左手中指食指，捏起子曰手里的那本书，用右手食指轻轻弹一下，小心翼翼放在子曰身边的长椅上。

子曰感觉这俩人动作很美。于是，大胆提问：“你们……？”

话音未落，红头发左腿弓，右腿蹬，左拳护面，右手啪就是一个直拳。这拳正中子曰鼻尖，子曰鼻孔处，一股麻辣。接下来，葫芦头一把揪过他的衣领，往面前只一拉，抬起膝盖，咚地一下顶在腹部。子曰本来想去堵鼻子里的涌血，现在，只好慢慢下蹲着去捂肚子，像一个失去重心的麻袋，慢慢地，慢慢地，接近地面。

子曰的脸贴到地面那一瞬，发现一根草的两片叶子上，托着一滴晶莹剔透的血。葫芦头慢慢蹲下来，把子曰的脑袋拨拉过来，笑呵呵地问：“你说，谁是败类？”

子曰无话可说。

他晕了！

子曰在医院躺了整整一星期。

第六天，麻子提一袋水果来看他。子曰一见麻子，伤情立刻加重。麻子坐下，一脸笑：“你看，咱俩打小儿一块长大。打架这事儿，你能做吗？你也不喊我！”子曰嘴角抽搐半天：“麻子——兄弟，太急，太快，根本来不及。”

麻子伸出手，抚抚子曰的腮，叹口气：“咋打成这样呢？你也忒不经打了。”临走前，麻子突然回头：“子曰，那败类究竟是咋回事？”

子曰浑身一哆嗦！子曰赶紧笑：“麻子兄弟，那个字儿，的确念‘牌’，它不念‘败’！”

麻子呵呵着指指子曰：“你这人，真幽默！”麻子走远。子曰突然拿头撞墙，攥紧拳头砸枕头。然后一声长啸，低声吼道：“我靠！”

锁　爷

锁爷其实并不老，看上去是老相点儿，这倒是真的。称其为爷，纯粹是针对他的好手艺。锁爷当然不是造锁的，他开锁。

锁爷有件工作服，很是奇特。据说，是他自己设计的。从前面看，左边雪白，右边漆黑。雪白的区域，用黑丝线绣一把大钥匙；漆黑的地方，则是白丝线绣的一把锁。胸前背后，各有图案，很醒目。锁爷还一直骑着辆旧踏板车，缺少后视镜，没有转向灯，像个葫芦脑袋。排气管子的声音，噗噗噗作响。

嗬！这行头，往大街上一走，想不扎眼，也难。

路口上交警都熟悉他，嘿嘿笑着打招呼，锁爷，换辆车吧！锁爷也乐，锁爷说，这辆就蛮好，蛮好！

锁爷这人基本上没脾气，但活路倒是蛮好。

谁家有健忘的，到家门口，浑身上下摸钥匙，找不到！掏出手机，打给朋友。朋友往往大着嗓子，找锁爷去啊！一会儿，锁爷就到。锁爷从不让人久等,不管刮风,还是下雨。锁爷噔噔上楼,有时额上会渗着汗。手里，则永远只捏一根细铁丝。不熟悉他的,会狐疑,就这个,能行？锁爷不搭腔，把那根细铁丝塞进锁孔，闭着眼睛。一挑，一挑。喀哒，开了！前后不过三四秒钟！

那人递钱来，内心或许复杂得很，既感激，又不怎么放心。开锁这么简单，那还要锁干吗？锁爷却把手一摆，扭头就走。锁爷从来不收费。

所以，有人就说，这人傻。

他的确是傻。有天晚上，家里闯进一条大汉，脸色冷峻，啪一下甩个厚厚的信封在桌子上，说锁爷你只要教我手艺，我会把你当亲爹！锁爷笑。

锁爷说,老头子不缺钱。次日,街上行人见锁爷鼻青脸肿,骑了那辆破车走。但锁爷依旧很开心地笑着。

就这么一个人，突然说没就没啦!

锁爷死法却也怪。他那细脖子上，有一柄大锁，死死扣着。警察打不开锁，去翻找钥匙，没找到。于是，查找制造商。费好大劲儿，最后确认，那是锁爷自制的。

消息一传出来，谣言四起。

说法一,锁爷系被怀疑他的人所杀。那杀人者家中曾被盗,损失惨重。警方破案速度慢了点儿。于是,这人认为,曾给他开过锁的锁爷嫌疑最大。一气之下，就杀了人。

但对这些谣言，大多数人边听边摇头，锁爷？他？怎么会是那种人？

说法二，锁爷被黑道上人做掉。

锁爷这套瓷细活儿，绝对是发家致富好帮手。就引起黑道同行密切关注，意欲拉他加盟。锁爷脖子一拧，还是那句话，老头子不缺钱！黑道人心狠手辣,谁跟你客气！以其之道,还施其身。顺手摸过锁爷自制的大锁,喀嚓一下，把他锁上了!

想想以前发生的事儿，这个说法，倒能立住脚。

自然，还有说法三、说法四。

警方却很快就得出结论，锁爷是自杀的!

自杀？怎么可能？那么开朗一个人!

但既然有结论，那就得让锁爷尽快入土为安。

可在这座城市里，锁爷一个亲属也没有。问他的老家在哪里，街坊邻居都面面相觑，谁也说不清。没有亲属，倒也不算难事，好些邻居旧友，都跑来，为锁爷处理后事。一个老爷子甚至哆嗦着胡子说，不仅办，还得按规矩办!

锁爷的丧事，果然办得很体面。院内院外，花圈五颜六色，硬是像把个春天呼啦一声扯进小巷。

不过，倒还有一桩麻烦事。锁爷脖子上那把锁，谁也打不开。哪能让锁爷这个样子到那边去，多受罪啊!

找来好几个锁匠，一个个都低着脑袋出去。那把锁，纹丝不动。众人围在锁爷身边，无计可施。

这天,忽然打外面走进一个女人。女人嘴上捂着口罩,眼上遮着墨镜,穿一身黑衣。一进门，就扑倒在锁爷身上，放声大哭。众人都傻啦！

还有更让人傻的事儿！

女人终于停住哭，却拧着身子，从口袋里慢慢取出一把钥匙。女人跪在锁爷身边，俯下身子，嘴里似乎嘟囔一句什么话，大伙儿都没听清。女人左手轻轻托着那把锁，右手捏着那把钥匙，一点，一点，插进锁孔。

像是怕吵醒梦中人。

周围的人，脖子都被那把钥匙拉得越来越长。

喀哒！一个美妙的声响，钻进每个人的耳朵！

那声音响起来时，锁爷的喉管里，似乎发出一道舒畅的呼吸。

女人终于不哭了。

女人痴痴地坐了好久，然后，回过身来，冲着在场的那帮人扑通跪倒，额头碰在坚硬的地板上，砰的一响！大伙儿都伸伸手，想去搀扶，却又顿住。女人遂起身，慢慢向门外走。走到门口，忽然转过身来，盯看锁爷好一会儿，这才离去。

整理锁爷遗物时，有人从褥子底下，发现一个本子。那人就翻开来看，字迹很清秀，却是日记。大家都围过来，都想揭开一个谜底，一边看，一边摇头叹息。

最后一页，只有一句话：这世上，只有一把锁，让我琢磨一辈子，还是打不开。

第二辑　设计一座茅草屋

这一辑作品看似据我们生活相对较远了些。因为，作者或重或轻采用反写实的叙事途径。有的虚幻缥缈，如带有聊斋意味的《宋以柱》、《感觉一只青蛙》等；有的夸张变形，比如《天才》、《夸父夸父》；有的则带有明显探索性，比如《大哥》、《大嫂》、《儿子》。从中可以看出，作者的反思点仍是时代，仍是当下。只不过作者把自己的意图进行了躲藏，更加尊重了读者的参与感以及想象力。这部分作品中，充分展示了作者的想象力，以及透过生活解析探究本质的展示力。

宋以柱

宋以柱是我高中同学，出生在沂源县沂河岸边一个小镇。其祖上几代多有饱读诗书之士，有的做过乡绅，有的教过私塾，都是文化人，家里做事儿就挺讲究。宋以柱幼时，家里人在一笸箩内摆了钢笔、木头枪、硬币等物让他抓。这娃儿眼睛一亮，嘴角露出笑容，向那堆宝贝爬去。一家人在四周大呼小叫，以示鼓励。不料，他路线一转，闪过那笸箩，却朝床头一面小镜子而去。众人正在惊愕，他已把镜子抓在手中。

据说，其祖父顿时叹口气，皱着眉头，背着手走出房门。

果然，自此后，宋以柱尤以喜欢洁净闻名乡里。冬天，别的孩子袖口都黑乎乎的，他的呢，虽然旧，但很干净。别人用过的课本就像被狗撕猫咬过，他小学五年所有课本都整整齐齐码在一个箱子里，像是没用过。他人缘好，性格温润，不与人争斗。小学放了学，与路边放牛的闲聊到月上柳梢头。

当年，我们在悦庄镇读高中。学校在镇子西北角。西边隔着一条河，有一片阔地，就是大集。每隔五天，人山人海。四周几个村子的人都聚到这里，卖东西，买东西，也有不卖不买的，纯粹凑热闹。我们属于后者。当然，有时候会坐在小摊上，吆喝一碗豆腐脑，几根油条，就是一顿奢侈的午餐。

那天宋以柱点了油条豆腐脑之后，坐下来，摘掉眼镜，从兜内掏出纸来正要擦，眼前忽然多了个黑乎乎的东西。他低下头贴近去盯看半天，才明白那是一只手，掌心向上，五指分开。沿着那只手，陆续看到曝出棉花的袄袖子，带花纹的补丁，贴在肩膀那儿的一片芹菜叶，猛一看是白颜色仔细看却是黑颜色的围巾，杂草一样的胡子，一片黑一片红的脸，漆黑漆黑的眼珠儿。——原来是一个要饭的。

“吓我一跳！”宋以柱慢慢戴上眼镜。要饭的嘿嘿一笑，牙齿倒还算白。

“我点的油条，还没上呢。”

“那我能不能坐下和你一起吃？”

宋以柱看他一眼：“那就坐下吧。”要饭的毫不客气，回头喊：“三碗豆腐脑，一斤油条！”宋以柱一摆手：“我看看钱够不够。”

“我算过，你兜里的钱正好。”

宋以柱点点钱，果然一分不多，一分不少！他吃惊地抬起头。俩人吃完，要饭的拿袖子擦擦嘴巴，突然说了一句话，把宋以柱又吓一跳：“哪天晚上有空？我请你。”

宋以柱好半天才说：“爷们，有钱得省着花。”

“老弟，看不起我！？”

“一顿饭，不值的你那样。”

“那就今晚，你留着肚子，下课后我带你去吃好的。”

宋以柱点头说行，心里却乐，五更半夜的谁家饭馆还开啊？

当晚自习课后，宋以柱回宿舍躺下，却反复睡不着。心道，君子一言，答应的事儿就该做到啊。于是他悄悄下床，溜出宿舍，爬墙而出校园，砰地一落地，坏了！鼻梁上顿时空空如也。他蹲下身来，满地去摸。

有个声音说：“别找了。以后用不着了。”

宋以柱一下站起身来！没想到，不戴眼镜在月光下居然把眼前那人看得毛发分明。是个衣着光鲜的陌生人。没等他开口，那人说：“走，去吃大餐。”

宋以柱一时不知说什么好。那人挥一挥手，从操场东边悄无声息跑来一架四匹马拉的车。两人上车，驾车人啪一声甩响鞭子。只感觉耳边呼呼生风，转眼功夫一个声音说：“主人，请下车！”一开车门，立刻传来一声高昂的女高音。多年以后，宋以柱才明白那是德国音乐家瓦格纳著名歌剧《尼伯龙根的指环》中的第二联《女武神》。一边一个身着燕尾服的男子，同时弯腰拉开大门。往里走，又两人重复这一动作，一连进五六道门，才是一张硕大的桌子。那人先在一头说：“请坐！”然后，绕过去坐在另一头，举起双手，啪地一下，一摆溜穿白色礼服的人鱼贯而入，却悄无声息。不一会儿，桌子上的菜如山峦起伏。

宋以柱闭着嘴，一言不发。

那人说：“兄弟，想吃什么尽管说！只要你能说出个名堂，马上就有。”宋以柱慢慢站起来，放眼望去，半晌才说：“吃！傻子才不吃！”

许多年以后，宋以柱仍能清晰回忆起那幸福的一幕一幕。

我们几个同学，如听天书。听罢，笑嘻嘻地看着他。

“从那以后，我就遇到一连串的稀奇古怪的事儿。老宗你是知道的，我那时候近视得快成个瞎子！现在，我连你几根眉毛都能数清楚。那年高考，语文、数学题，此前我在梦里都做过，清清楚楚的。那时候我在班里不算学习好的，可第一次高考我考了全校第一，居然上了本科。”

我们仍看着他笑。

宋以柱急了，挽挽袖子：“你们看，这面镜子我从来没拿出来过，因为我怕会暴露我的个人隐私！可你们知道吗？当年我抓的那面镜子，是白色塑料外壳的。要饭告诉我，我知道你小时候什么都不抓，却偏偏要一面镜子。你爷爷当时想，这小子将来一定是个花花公子！那镜子，就在你家北屋东北角的一个柜子里，用布包着。你回去找出来看看。星期六，我一回家，就对母亲说，我摸的那面镜子呢？母亲说，早忘了藏哪儿了。我说我知道。然后直冲目标而去。结果，你猜怎么着？”

说着，宋以柱从身边的包里取出一个盒子，慢慢地打开。

这次我们是真吃惊了！

那是一面闪闪发光的黄金镜子！

方子鱼

方子鱼籍贯山东桓台，生于马踏湖边一个巴掌大的小村子。那时的马踏湖虽然称作湖，却无大面积水域，净是些沟沟汊汊、彼此勾连的水道。遮挡那些水道的，则是四周茫茫阔阔的芦苇荡。

那年方子鱼八岁，与父母荡小舟去芦苇间一片地里收棉花。他玩得兴起，跟着一只蛐蛐儿钻进了芦苇荡，等意识到走得太远，再回头，找不到路了。惊恐四顾下，只听得芦苇叶片沙沙擦动，呼喊父母也不见回应。他脸色苍白呼吸急促，像无头苍蝇般乱冲乱撞，不料越走越深越走越凄静，胳膊、脸上被苇叶划破好几道口子，都不觉得疼。后来，方子鱼坐在地上，欲哭无泪。

暮色终于笼上来，四周无声无息。他大着胆子站起来，继续闷着头走，好半天过后，忽然看到前面有灯光！

灯光是从一间茅草屋窗口透出的，可映见四周围着篱笆的小院儿。方子鱼推开栅栏门，院子里突然传来一声狗叫！他吓得立住脚，却见门口人影一闪，一个与之年龄相仿的女孩朝外一瞧，又扭回头："奶奶，是个小孩儿！"

"让他进来呀！"一个沙哑的声音。

女孩朝他挥动小手："来吧，来呀！"

方子鱼进了屋。门侧有一火炉，一白发苍苍的老人正在烧水，她抬头眯眼端详他半天，说："丫头，给小哥哥倒杯红糖水。"

女孩一撇嘴："为啥我要喊他哥哥？"不一会儿，她端一杯水来递与方子鱼。只见她面色莹润，一双大眼忽闪忽闪，唇边有一小黑痣，嘴角动它也动。

“你是谁家的孩子？”老奶奶问。方子鱼说了父亲名字，老奶奶摇头，又说了村子名，还是摇头。小姑娘说：“看他这傻样儿，怕是连自己是谁都忘了。”

“丫头,怎么跟客人说话啊？”老奶奶又问:“孩子,你住在什么地方？”

“就湖边那个村子。”

“什么湖呀？”

“马踏湖。”

“哪有马踏湖啊？”老奶奶嘟囔着,“这里只有白洋淀。你迷路了。今晚,就睡在这里吧。”

“奶奶，我不跟生人睡在一起。”女孩说。

“他不是陌生人。丫头。”

吃罢饭，女孩悄悄向方子鱼使个眼色，俩人出了屋子。月亮升起来，湖面一片静。女孩儿说：“带你去个好地方。”两人沿一条小径，踩着一地月色而去。不一会儿，闪出一片大荷塘，有一架木桥蜿蜒其间。方子鱼从未见过那么大的荷叶、荷花，顿时一声惊呼。女孩伸手揪两片荷叶，给方子鱼一片，另一片扣在自己头上，突然说：“我们玩儿个游戏好不好？”

“玩儿什么呢？”

“我做你的新娘子。”女孩扭过身子，低了低头。

“不玩儿！丢死人。”

“什么？”女孩提高声音，“你，你？我不好看吗？”

“不是。反正，我不喜欢做这个游戏。”

女孩把脸靠近一点：“呀，脸红了啊？”然后一扭身，“哼，谁稀罕你呀，长得跟头笨驴一样。”她站在木桥中间，哼起了歌子。方子鱼听不懂，但觉得好玩儿，他伸手采两朵荷花，走过去：“那你说，这游戏怎么玩儿？”

女孩停了歌声，想了一会儿：“你得先亲我一下。人家都这样的。”

方子鱼挠挠后脑勺，好半天才凑过去，在女孩脸上亲了一口。

“不行，要这儿。”女孩抬起下巴，伸过嘴巴来。

方子鱼靠近她小嘴的时候，却看到那颗黑痣，遂扑哧一笑。女孩气得跺脚：

“你怎么这样呢？你欺负我！我不跟你玩了。”说完，就往回跑去。

“喂，喂，你叫什么啊？”

“丫头才不告诉你呢！”女孩的声音隔了流淌的月光传来。

当夜，丫头和方子鱼在一个被窝，睡在里面，老奶奶在外面。方子鱼悄声说："对不起哦。那我就亲你一下！"

丫头扭过头，背靠他："想得倒美！"

次日一早，方子鱼听到有人喊自己，忽一下醒来，发现自己竟躺在一个麦秸垛旁边！"你真是鱼儿！好孩子，你去哪儿啦？"居然是自己的母亲！方子鱼眨巴眨巴眼睛，恍然如梦。

村里好多人都跑来瞧他。听他说完，一个个都摇起脑袋。"白洋淀？那可是河北呀！""这孩子明明是去年这时候丢的嘛。"

可方子鱼对发生的一切深信不疑。桓台又称建筑之乡，无数个工程队遍布全国。方子鱼逐渐成人，连考两次都没考中大学，于是回乡做了建筑工人。走南闯北之际，他每年都要去一次白洋淀。第一次去，果然找到了那片荷塘，一模一样！却怎么也找不到茅草屋和它的主人。

四十岁那年，方子鱼做了一家建筑公司老总。但他始终未娶，且从不近女色。所有人都以为奇。

那年夏，在北京一栋刚竣工的楼上，方子鱼正站在三十二楼的窗边，打量如昼的夜景，身后忽然传来一个女人的声音："这里面有人，进去看看！"

方子鱼扭回头，顿时目瞪口呆！

两个女人中的其中一个，也愣住了！

方子鱼慢慢站起来，向那女人走去，俩人目光自始至终在一条线上。走近后，方子鱼不由自主伸出双手，小心翼翼地去触摸女人嘴角那颗痣。方子鱼说："丫头，我找了你三十二年！"

"我们玩儿个游戏好不好？"好半天，女人嘴唇和声音都在发抖。

方子鱼摇头。女人呼地一下，抡起皮包打他："你个混蛋，难道我不好看？"

方子鱼说："我不想玩游戏。我要玩真的。"

秋菊

桓台县城所在地，叫索镇。城中心有一少海公园。公园西北角，人工挖出一湖，湖边苇草纵横。所挖之土自然形成一座小山。园林设计者取其走势，设石凳，铺石级，起楼阁，宛然成一小岛。因所处地幽静，景色怡人。因此，每至夏夜，成双成对者，此起彼伏。

老耿系一建筑公司老总。由于累债逼身，越想越走投无路，遂带一巨瓶安眠药，在一个深秋夜晚，驾车出门，最后确定公园小山顶的一处凉亭为最佳自杀地点。他黯然神伤行至山顶，回过头，目睹满城灯火，突然泪流两行。良久，他掏出手机，打算跟一情人告别。然响了半天，接电话的却是一男人。老耿一惊！问对方是谁？对方反问他是谁。相持半天，彼此扣掉。老耿益发觉得世事苍凉。遂叹口气，左手倒水，右手倒安眠药，一边喉结在动，一边呜咽成声。服完后，老耿正想将水瓶扔到山下，犹豫一下，又转回身，轻轻放进一边的垃圾桶。迷迷糊糊中，老耿听到一声叹息。

醒来，却发现在医院里。医生告诉他，是一女子驾车将他送来的。

住院期间，老耿孤身一人。年龄小他数岁的妻子，一次也未出现。老耿常嘴唇紧咬被角，欲哭无泪。倒有一朋友来看他，几句场面话说完，却说："你开的那车，还值几个钱，不如先抵给我吧？"老耿看他半天，嘿地一笑，把车钥匙递给他。

出院后，讨债电话不断，老耿索性关了机。他乘公交车来到市区张店。走进一大厦前，一个没有双腿的乞丐，伸一个破碗冲着他。老耿将钱包拿出来，想也没想就放在碗里。来到大厦顶层，老耿俯视下去，但见往来车辆如虫，行人如蚁。老耿闭上眼睛，纵身一跳！

但那只大鸟被几根电线嘭地弹了一下，又莫名其妙遇到一个探出的广告牌，穿行而过，居然是一堆杂乱无章的电线！后来，消防队员来把老耿从电线里拉出来。

坐在医院的躺椅上，老耿的手机响。一条短信。“你打算什么时候死第三次？”老耿呼地一下站起来,突然意识到手机早在一周前就欠费停机，而且，已好几天没开机。他回到：“你是谁？干嘛要救我？”

“我叫秋菊。我救你是一时心血来潮。”

“你救不了我。”

“那不行，我既然救你你就不能死。”

老耿哧地一声笑。“你在哪儿？我想见到你。”

“我很丑，会吓着你。”

“我不在乎。”

“我就在门口。”

老耿跑出乱糟糟的医院大厅，在门口看到一个满脸雀斑胖胖的中年妇女。冲他微笑：“我就是秋菊。”老耿一愣，然后也笑了。女人问：“是不是很失望啊？”

“怎么会呢？我很感激你，可你不该救我。”

“为这点债务，就不想活啦，还像个男人？”

老耿无语。

“一年之后，你所有债务都会还清。”

老耿眼睛一亮：“真的？”

回家后，老耿与妻子离婚。此后他的建筑公司生意犹如神助，接连做了几个大楼盘。一年后的一天，老耿给女人电话：“嫁给我好吗？”

“我这么丑。你不嫌弃吗？”

“你比所有女人都漂亮。”

以老耿的意思，他要大张旗鼓迎娶秋菊。秋菊不愿意。秋菊说：“我在第一次见你的地方等你，你骑自行车来接我。”老耿骑着一辆哗啦哗啦响的自行车，去少海公园山上的凉亭，接回了他的新娘。秋菊嫁给老耿后，一心一意做家庭妇女。从乡下接来公婆，伺候老耿的一双儿女，把老耿收拾得光光鲜鲜。老耿家里无牵挂，生意上更日见起色。

突有一天，秋菊面带愁容。老耿询问半天，她才说：“我既老，又丑。你已经对我厌倦了。”

“怎么这么说呢？”老耿反问。

“今天你在办公室干的事儿，让我很伤心。”

老耿立刻冒出一身冷汗，原来办公室新招一漂亮女大学生。上午，老耿一见到她,就眼睛一亮。女孩及时地捕捉到老耿的眼光。俩人对视半天。

“难道，我连看别的女人一眼也不行？”

“老耿，你骗得了天下女人，可骗不了我。明天中午，她会主动敲你的门。”

果然，次日中午，老耿正在卧室午休，有人敲门。老耿六神无主，只觉得秋菊坐在沙发上笑眯眯地看她。但老耿还是问：“谁呀？”

女孩的声音：“老板，是我。”

老耿仰面向天，半天才说：“我睡了。上班后再来吧。”

自此，老耿总感觉自己一举一动，都在秋菊视线之下。他越想越觉得恐怖。这女人到底是鬼啊还是狐仙?

突然，一个念头蹦出来，把他吓了一跳！

就在那天晚上，老耿回到家，每个房间都找不到人。最后来到卧室，视线突然被墙上的结婚照吸引过去。照片上,他身边的秋菊完全换了样子，居然是办公室刚来的那个女孩儿！他正在端详,手机响起,秋菊的短信:“我万万没想到，你居然想杀死我！”

从那以后，秋菊再也没有出现在老耿的视线。

一年后的一天，警方在少海公园的山顶凉亭发现了老耿的尸体。一名警察边翻看老耿的手机边说：“咦？秋菊是谁？老耿的老婆不是叫安美丽吗？”另一个警察说：“这年头，哪个大老板没几个情人？”

感觉一只青蛙

——每个夜晚来临的时候，孤独总伴我左右。

这句歌不经意就给正在驾车的美惠一个感动。美惠登时觉得眼角潮润。同时，敏感地察觉车子颤动一下。她马上警告自己，不许再分心了！

在一个漆黑的夜里，行驶在扭曲如肠的山路上，路侧是黑魆魆的山谷，而且，春雨迷朦。怎么能够分心呢？她长长叹了口气，顺手取过一支烟来点上，摇下玻璃，将那口烟喷向暗夜时，一股湿漉的春天气息钻进车子来。

美惠把车速放慢，像是在雨中慢步。雨似乎愈加急促。两道车灯上散着白哗哗的光。地面上，缥缈的烟雾氤氲地浮起来。

拐过一个弯道，美惠的眼前却突然一闪。她的视野里蹦跳进一团生机。

那是一只美丽的青蛙！带着惊蛰过后潮湿的泥土气息，突地闯入美惠的思维。

美惠转动方向盘的念头是猛地出现的。她当然不会允许自己的车从那个小动物的身上碾过去。就在那一瞬，她觉得右前轮突然下沉！车子继续前滑，便如同飞翔在空中的鸟儿。那只青蛙的影子在美惠视线内清晰一闪。然后，她就陷入那个漫长而又美丽的下坠过程。

那个过程中，美惠似乎非常清醒，又像是一派模糊。仿佛是一个梦，恍惚间又不像。四周转瞬人声喧哗，却又一片漆黑。朦胧中，她感到自己躺在一个温暖的怀抱里。周围弥漫着一股清新湿漉的气味。看到那只青蛙的时候，鼻子里钻入的就是那种气味。有一瞬，她是清醒的。尽管眼前什么都看不到，但她能够感受来自身体某个部位的疼痛。但当她疼痛时，总有一只大手悄然抚摸着疼痛位置。那尖锐的疼痛于是变得舒缓，变得若有若无。

美惠想说话，想知道自己在哪里，却无能为力。她在一个神秘的领域莫名其妙地游荡。

我在哪里？终有一天，她清晰地听到自己的声音。

你醒来了！有人说。这时，她才感到自己的手被一双大手紧紧握着。

你是谁？她再问。我在哪里？

在医院，你已昏迷好几天了。那个声音充满磁性，是个年轻男子。此时，他似乎伏下身来，那股熟悉怪异的气息再一次沁入美惠的身体。

那么，告诉我，你是谁？

一个等你很久的陌生人。

这话让美惠怦然心动！但美惠的眼睛被绷带缠得紧紧的。她看不到男子面庞。她的嘴唇动了动，马上就有根吸管递到嘴边。果汁沿着喉咙渗入肌肤的时候，美惠觉得自己像一棵即将干死的小树，缓缓地苏醒过来。

有一刻，她听到一个小护士的声音，你好福气，瞧这个小伙子多么疼你。她脸上顿时一热。护士走开，她把自己的小手软软地放进另一只手里，谁也不说话。但她感觉到了那男子的心在突突跳动。

就在那一瞬，美惠知道，自己现在一刻也离不开那个男子了。

可是，我看不到你呀。那天，她说。我多想看看你的眼睛。

你会看到一切的。男子语气里却含了一丝忧郁。

一天上午，男子突然幽幽地说，你就要能看见东西了。美惠非常高兴。她完全没注意男子的语气。她在想，我终于可以看见他的样子了。

她果然很快就能看到了。大夫给她拆开绷带后，她第一句话就问，他呢？

大夫眼睛里满是惊疑，他是谁？这病房里一直就你一个人。

可那个陪我的男人呢？

几个大夫面面相觑，从头到尾都没有人陪你的呀！我们大家还觉得你肯定很孤独。

美惠在医院的角角落落疯狂地寻找了三天，没找到。

现在，美惠从方向盘上抬起头来，脸上，早就满是泪水了。

车子停在路的中央。雨似乎早就停了。或者，根本就没下雨。

美惠恍惚间觉得自己已经下车了，她在那段路上四处寻找。路面上空空如也，那只青蛙的影子早不见了。她又往路边看了看，路边的断崖下，草木蓊郁，丝毫也没有曾经坠车的痕迹。

美惠再一次，或者也许是第一次，走出车门。她抬头看着漆黑的天空，鼻子里异常清晰地钻进那股清新而又润湿的气息。

她忍不住狠狠地呼吸着，直到再次泪流满面。

设计一座茅草屋

朵儿感觉自己迷了路。

起初朵儿一点都不着急。走进深山时，她就考虑过了。她对自己说，走到哪儿算哪儿，反正车能走的路，总有尽头的。可现在，驾车走了整整半个下午，太阳都快要落山了，还是找不到出山的路。最后，她发出一声惊叫！原来，几个小时前，曾经过的一块巨大的像人体模样的石头，又出现在路边。

朵儿下了车，稍稍有点担忧。因为，天要黑了。她没有一个人在荒郊野外过夜的经历。尽管，那想象起来充满刺激。现在，她却开始后悔一时冲动，驾车远离开都市。

看来，得在车里过夜了。她想。

于是朵儿索性不再继续前行，她钻进车里，打开音响，让柔缓的曲子悄然抚摸她疲惫的身体。在那一瞬，她甚至感到非常惬意。多么清静的地方啊！吃过半片汉堡，喝点水。夜幕也便降临。朵儿将车门紧闭，躺下来。但没多久，周围陷入一片漆黑宁静时，那种常伴她左右的孤独感如约而至。人总是害怕孤独夜晚的。朵儿缩在车里，一动不动。那丝无依无靠的感觉针尖一样扎刺着她的神经。有一刻，她甚至想冲出去，深深呼吸一口山里的空气。

就在那时，她的目光悄然瞥向窗外，不由浑身一震！

她看到遥远的地方有一丝光亮！这怎么可能？在密林深处，居然有灯光！

她迅速加上一件衣服，拿出手电筒，关紧车门。开始向那团亮光走去。

对朵儿来说，那是段艰难的寻找历程。其实地面上没有路，到处是荆

棘丛。如果没有那或明或暗的灯光，朵儿肯定不敢在这种地方前行。灯光给了她力量。促使她攀上那道山坡，钻入一片密林。不一会儿，叶片及草丛上的露珠，便悄然打湿她的衣服和披肩的黑发。

山里彻骨的寒冷也渐渐笼罩住她的全身。

再走，那团温馨的光愈加清晰。

她的心怦怦直跳，因为惊喜，或者害怕。

但她却没有犹豫，直冲那亮光走去。

一座茅草屋的影子终于出现了。亮光就是从门口发出来的。站在门口，朵儿稍稍停顿，浑身却颤抖起来，连牙齿都抖出了声响。一个高大男人的身影出现了，他悄无声息地伸出一只手。那手在光的映照下，修长，且富有质感。朵儿迟疑地伸过手去，分明地捕捉到一股温暖。那丝温暖很快让她不再哆嗦，身不由己就走进了屋。

门口靠右的地方，正旺旺地燃了一团火，炉上架一只精巧的瓷罐，里面似乎正温着酒，空气里弥漫着一股浓郁的香味儿。地面上却铺满柔软的干草。男子不说话，却把朵儿轻轻引到炉火前坐下，用一柄长勺舀了一点酒，递到朵儿嘴边。朵儿说不出话来，轻抿一口，随着一股清新的松籽香味沁入心脾，身上的寒气也渐渐消失。

男子一袭白衣，脸上棱角分明。两只眼睛却柔和温暖得像两团火。

定下神来，朵儿刚要说，我迷了路！男子摆手制止。他说，我已等你好久。你终于来了。朵儿注视着男子，点点头。嗯，我来了。

她们一边缓缓喝着酒，一边进行交谈。朵儿从来没有这么舒畅地和一个陌生男子聊天。她觉得心里酣畅无比。炉火映得两人面庞通红。朵儿在那段时间里多次发出开心的笑。有一瞬，两人目光不经意相撞，就再没挪开。朵儿听到自己轻叹一声，就闭上眼睛，偎进那个温暖的怀抱。接下来，既顺理成章，又让朵儿感到不可思议，脸色绯红的朵儿，把自己的身体放心地交给了那个男子。

清晨的阳光穿透了窗子。朵儿一下醒来。

她发现自己躺在车里。于是，怀疑自己做了一场梦，但猛地又发现那不是梦。因为，她身上盖着一件白色上衣！

于是，她疯狂下车，开始沿着昨晚的路线往山上跑。那片小树林里，自己的脚印清晰可见。树叶哗哗地向身后闪过去。那座茅草屋终于出现了！可是，朵儿的脚步在小院子里一下停住！她发现那是座破败不堪的草屋，屋顶的乱草快要塌陷下来，屋里脏乱不堪，空无一物。竟是许久无人居住的样子！

朵儿以为自己走错了。

可是，在茅屋一角，她看见自己的手电筒静静地躺在那里。

朵儿浑身打个冷战，惊恐地四处观望。可什么都没看到，或者听到。最后她加快脚步，奔回自己的汽车。钻进车里，稍稍平息，才发动了。这次她毫不费力就走出大山，奔上去城里的公路。

许多天后，朵儿觉得浑身无力，而且，呕吐不止。于是去医院查了一下。

年轻女医生灿烂地笑着，说，恭喜你，太太，你要做妈妈了。

天 才

父亲没看儿子的眼睛。父亲说："跟我走。"儿子看一眼父亲，默默地跟在身后。出门，下楼。父亲上车，打开右车门，抬头看站在外面犹豫的儿子。儿子终于上车。父亲扭动钥匙的手，有点抖。儿子象鉴赏古董一样看父亲的脸。

"既然决定了你怕什么？"

父亲迅速扭过头，眼睛发红："你知道我要干什么？"

"这不是你要干什么的原因吗？"

"我不想这样。儿子，你才五岁。可你让每个人都害怕。"

"是我怕你们每个人。"儿子冷冰冰的。"刚才你念头一闪，我浑身冰凉。是不是我早晚会死在别人手里？与其那样，不如你亲自动手？"

父亲趴在方向盘上，欲哭无泪的样子。

"是的。昨晚是我打电话给警察。说黑帮的人要在 109 国道绑架人质。结果，警察抓了那些人。"儿子自言自语。

"你说幼儿园老师的儿子会坠楼。结果，他真的摔死了。"

儿子嘿地一笑："我的话总这么灵验。"

"我带你去参加喜筵，你让我丢尽脸。"

"能怨我吗？那新郎在吸毒。而且，他的确跟四个女孩子还保持着联系。"

"你不能在那场合说。说出来，就是你错。"

"狗屁逻辑。"

"你惹的乱子，不止这一桩。"

"我承认。我说你们猪局长贪污五十一万零两千八百四十一元。检察院的数据是不是一样？”

“你简直是个——”父亲没说出“魔鬼”这两个字。

“我不是魔鬼。顶多算个异类。你跟我妈一夜潇洒，然后我到了这个肮脏世界。别无选择。可你儿子已经学会照顾你的颜面。三年前，你就背叛我妈，跟一个叫段莉的女人在西七路贵族宾馆三零八房间鬼混。”

父亲脸型极度扭曲：“大人，有时候，会做一些事情。”

“你想说是些不合常理的事情。可所有人都在做那些事儿。那天你不把我押送回家，我会挨个儿指出他们。除墙角那个两岁娃娃之外。No，那丫头也要出问题。她妈是个贼，在内衣超市里偷乳罩。不止一次。那几个六七岁的孩子个顶个阴险无比。大鼻子男孩想亲大眼睛小姑娘。那女孩是撒谎天才。她爸就是个骗子。她妈曾把五十块钱假币递给卖西瓜的换回一大把零钱。还有，那主持人，红头发，大声说祝新人白头到老，心里却嘀咕，新娘是我见的最性感女人我什么时候能够跟她上床？你们副局长给一把手点烟，脑子却在飞速运转，知道他想干吗？”

“别说啦！爹！我喊你爹，行不行？我头都大啦！”

“头没大。大脑空间在缩小。所有人都这样。”

“所以——”

“那就上路吧。”

父亲终于发动起车。拐出小区。

儿子说：“我很佩服你，能下决心除掉我，是个男人。这个世界男人很少。不过，你会遇到小麻烦。”

“什么？”

“前方五十米有个铁钉。”

父亲一踩刹车。“晚了。”儿子说。车胎哧地一声响。儿子哈哈大笑。父亲不笑，盯看儿子。儿子一指：“那修车的干的。”父亲气鼓鼓下车，跟那人理论。儿子看到那人挥舞起板手，才下车走过去，象是说梦话：“昨晚上十一点二十五分你在路面撒钉子。随后去玫瑰夜总会点了两个小姐。你把小费塞进一个的乳罩，另一个直接塞进她内裤。粉红色的。然后，那个叫小鹿的跟你回家。你老婆和女儿昨天在另一座城市。”

男人浑身颤抖。

车启动时，儿子摇下玻璃，面对那人：“昨晚你老婆去见初恋情人。在树林里做爱。”父亲一把将儿子扯回来。

车子前行半天。

儿子突然说："爸，其实我也不想这样。很压抑。脑子里，数不清的影像在奔跑、旋转、分散。不说出来大脑会爆炸。迎面过去的那家伙，股市上栽了跟头。还有三百米，他的车会被撞碎。左腿会断，不至于送命。路口那交警,看到了吧？那苦瓜脸。早上队长狠狠地训他。队长心情更坏。他十七岁的女儿谈恋爱。很正常，是吧？可恋爱对象是女的。"

父亲哧地一下在路边刹住车："闭嘴！"

后面三百米左右，一声巨响！

交警的摩托车尖叫着过去！

"告诉我，儿子，你，今天会怎样？"

"我？你杀不死我。也犯不上与我同归于尽。但你儿子会变成傻子。不是特别傻的那种，跟正常人一样。"

"谢天谢地！如果你一觉醒来变成那样，我到你爷爷坟上去烧香，磕头。"

儿子一笑。"去给我买支雪糕，好吗？左边第三支红色包装那个。"

父亲下车，走向路边小店。等举着雪糕出来时，却发现车在动！父亲一声嚎叫："儿子，别！"但是迟了！那辆车速度极快，在马路上突然掉头，蹭过一辆车。司机伸头，破口大骂，却惊讶没看到对方车上有司机。父亲拼命跑！父亲骂自己，混蛋！你把天才儿子杀了！父亲追不上那辆车。简直是在飞。他只能眼睁睁看它飞向路边一棵树！父亲奔过去。车已扭曲变形。儿子挤在里面。似乎昏迷。父亲用力去拉车门。拉不开。手上拉出血来。还是拉不开。交警的车来了。一个人恶狠狠地呵斥："有病啊你？！让个小孩儿开车！"儿子被抬出来，身体却完好无损。他看着父亲："你是谁啊？"

父亲笑了："我是你爹。"

一个人的荒原

树仁一爬上荒原，就听到丫头的歌。那声音象小猫爪子，在树仁心里挠来挠去。丫头见了树仁，歌子噶然而止。丫头说，你咋来了呢？树仁说，我就不能来看看你？丫头笑了，好些日子不见个人了。树仁说那你不是人吗？丫头说你才不是人呢。笑闹过了，树仁才说出上原来的理由。树仁想让丫头去帮忙。他开个饭店，店里人手不够。

丫头思量好一会。娘去了以后，荒原上就剩了丫头一个人。但丫头不孤独。她有一群羊伴着。丫头有时夜里睡不着，会悄悄起身，来到羊舍，伏在羊们温暖的身体上，悄然入睡。丫头也不害怕。有个漆黑的夜晚，一头狼叼走丫头的一只小羊。丫头握了羊刀一直追。追急了，狼一个回身立住。和丫头在荒原上对峙。在那过程中，丫头胜了。狼扔下小羊，逃掉了。丫头连狼都不怕了，还怕啥？

但丫头想下山。山上太孤独。山上连电视都看不到。

于是丫头来到树仁的饭店。

饭店在公路旁，老板娘是树仁的老婆翠莲。客人多是那些大车小车的司机。司机走南闯北惯了，说话动作透着一股子挑逗。丫头一开始不习惯。有次，一个男人把手搭在丫头腰上。丫头回过头来，一瞪眼。那人不由得迅速挪开。丫头心底里就笑。连狼我都能吓跑，还怕你么？

丫头毕竟年纪不小了，该恋爱了。瞧见英俊男子，心里也会有想法了。

那天，曙光走进厨房时，丫头一瞧之下，心就怦怦狂跳起来。曙光长得太英俊，有点日本影星三浦友和的意思。曙光望着丫头，一直笑。他问你叫什么名字？丫头没回答。丫头觉得自己大名小名都土得掉渣。曙光等了半天，说你不会是个哑巴吧？丫头仰起头，你才哑巴呢。

丫头后来见曙光在翠莲屁股上悄悄拧了一把，就明白，这是个常客。

丫头开始注意打扮自己,一打扮就更加标志。该凸该凹的地方都有了。客人忍不住拿眼去剜。曙光有时也会露出这眼神，丫头觉得那目光比较受用。

事情发生在认识曙光半年后一个夜晚。

曙光带个竹竿似的朋友来。竹竿一直打量丫头。吃罢了，曙光突然提出要丫头陪他出去逛。丫头怦然心动。丫头从没跟人出去过。但曙光的邀请她无力拒绝。于是，就去逛。当丫头意识到害怕时，已逛出好远了。已在公路旁边树林深处了。曙光突然说句莫名其妙的话，丫头你陪好我这位老板。你要啥都行！丫头反应过这话后，那竹竿已把她摁倒在草地上了。丫头在那根竹竿底下弹簧似地进行反抗。丫头希望曙光能回来救她。果然他回来了。但他显然不是救丫头的。他嘟囔一句，连个丫头都搞不定，还吹呢。说着，伸出手，摁紧丫头的胳膊。

丫头发出一声惨叫!

丫头自此像变了个人。不管晚上忙到多晚，都要回到荒原上住。只有到了荒原，她才能睡着，睡踏实。

曙光再次出现是一年后的夏天。走下车来时,他眼前一亮。仔细瞧了,方知那亮光是从丫头身上发出来的。曙光打量她半天。恶狠狠骂自己一句。

这么漂亮的姑娘，怎么让给了竹竿呢？

那个下午，丫头像一团火焰燃烧在曙光眼睛里。丫头的目光透着隐隐的哀怨，还有一丝野性的挑逗。曙光一直想把丫头揽在怀里，但丫头滑溜得像条鱼。丫头悄悄说，你想要我？那咱去我的宫殿？

曙光就跟她上了荒原，就进了那间茅屋。

丫头燃起蜡烛，把屋内照得明若白昼。又取出火腿、干红。甚至还有曙光喜欢抽的牌子的香烟。于是，曙光觉得这荒原上，充满诱惑和激情了。正想着，眼前突然现了一个赤裸的美女。更觉得入了仙境。在仙境中，他们象是两条游弋在海洋中的鱼儿。

事后，丫头递给曙光一杯干红。曙光一饮而尽。

丫头的声音像来自天国。知道吗？这都是给你准备的。

丫头还说了一些莫名其妙的话。曙光越听越觉得恐怖。后来，他发现丫头手里多了一柄刀。就是那柄吓跑狼的羊刀！曙光大叫一声！却无法动弹！眼睁睁地看着尖刀顺利抵达自已的心脏！

荒原上，丫头站在那里呆愣良久。手中的火把跳着蛇信子般的火焰。丫头的脸出奇的平静。丫头手一扬。火把落在茅屋上，一团火焰呼啦啦冲天而起！

遥远的土丘上，一只狼悄然立着。

眼里，写满恐惧。

大　哥

掌心里的那块玉佛，是温热的了。

临出门前，女人将它挂在他脖子上。

“会保佑你的。”女人声音似泉。

他微笑着，搂过女人肩膀，轻轻凑过去，双唇触一下她的耳垂。儿子从门外突然闯进来，站在那儿，踮起一只脚尖，歪着小脑袋笑。他和女人拉开一段距离。儿子吹一声口哨，一张手：“我什么都没看见哦。”

那动作，分明是他的习惯。

此时，坐在司机的身后，他的嘴角稍稍一动，笑。

雨点突然凌厉，打在玻璃上，噼噼啪啪。一条条小河，流淌着。

他居然开始学弹古筝，女人是这方面的天才。一双玉手，在弦上翻飞如蝶。他却远远不能，手太硬。尽管枪在他手上，也可以旋转成蝶。但是很简单的一个大撮，却硬是弹不准音。女人一边看，一边笑得浑身抖颤。“大哥呀，不是这样子的。”

女人伸手来。于是，蝴蝶蝴蝶翩翩飞。

女人也喊他大哥。

所有人，都喊他大哥。

“大哥，到了。”阿龙悄声提醒。

他正闭着眼睛，抿嘴微笑，闻听此语，睁开眼，一道精光蹿出来，眉头紧皱了。阿龙撑一柄油纸伞，一手探向车顶。他缓缓地从车里出来，竖起黑色风衣的衣领。“把伞给我。”声音沉着，但不怒自威。

“大哥！”阿龙小心翼翼看着他。

他将头迅速一扭，打量着阿龙。阿龙哆嗦一下，低头。他接过雨伞，顺手拍一下阿龙肩膀。阿龙站在雨里，他迈步走向那座大厦。闪闪发亮的皮鞋，缓缓拍打着雨水，有水花溅起。却突然停住，他回身摆摆手。阿龙跑了去。

“你账上已经有些钱，回家去一趟罢。老太太的病，不能拖了。”

“大哥！”阿龙哽咽，“你怎么知道？”

“我是大哥。”他继续微笑。

是一幢未完工的空楼架，非常适宜毒品或武器交易。踩着高低不平的地面，他经过一楼大厅。空荡荡的楼房深处，脚步声来来回回碰撞。他直接走上正中间的楼梯。楼梯上，长久未经打扫，一脚踩去，尘土飞扬。二楼楼梯口，一只小鼠迅速扭回身来，竟不怕人。终于，到三楼，又一个大厅，很宽。

一个男人的背影在窗口。

他一步步走近，直走到他的身边。

“大哥，我来了。”他轻声说。

那人回过身来，除却面上一道不甚分明的疤痕，居然跟他一般，书生样子，声音却冷如冰霜：“我让你失望了。没想到我还能活着回来吧？”

“大哥。”他再次轻叫一声。

“我不是你大哥。”那人目露凶光，不再说话，却拿出一枚硬币，亮一下，“你挑。”

“大哥，一定要这样？”

那人突然亮出一把枪，指着他的脑袋：“你跟我，都没有选择。”他又微笑：“好吧，你先挑。”那人挑反面。挑完，拇指一弹，硬币带着一丝颤音，飞向半空，落在地上后，快活地弹跳几下。两人去看，是反面，那人盯着他，一声不吭，向后退，退了十米左右，缓缓举起枪来。

他突然说：“大哥，你，能不能，照看一下我儿子？我死了，他会很危险。”

“我会把他带大。”那人似乎愣了一下。

他慢慢闭上眼睛。那人举枪的手，忽然有些抖动。

枪响。

他迅速睁开眼睛。那人手里的枪砰然坠地，身体摇晃，向后倒去。他在急速转身的那一瞬，手里已经握一把枪。阿龙的影子在楼梯口闪出来，他立即扣动扳机。“浑蛋！谁让你进来的？”阿龙的身体猛地后仰，从楼梯口滚下去。他扭回头，喊叫一声："大哥！"

他把那人抱在怀里，手里满是鲜血。

"我，知道，不是你的错。其实，我想杀你，早就下手了。可我一想到那女人和你们俩的儿子，我就无法开枪。"

"大哥！当时，所有消息都说，你已经死了。所以，我才和她在一起。"

那人惨然一笑："你，在走我的老路。一个大哥，目光里有了柔情，那，他的大哥生涯，也就，快结束了。"

"我本来不想做大哥。"

那人呼吸越来越困难，却拼着最后气力说："大哥不是想做，就能做的。你，要想给她，幸福，就带她，和孩子走。"

那人的脑袋歪到一边。

一滴眼泪，滴在那人脸上，啪，四散成一朵花。

阿龙捂着一条胳膊，慢慢走近。

他没有抬头，却自言自语："大哥，你说，我能走到哪里去？"

阿龙小心翼翼："大哥。"

他抬起头，缓缓说："阿龙，知道我为什么没打死你吗？"

阿龙哭："大哥，我知道，因为我老妈。"

"你走吧，我太累了。"他仍然抱着那具鲜血淋淋的尸体。

"大哥！"阿龙扑通一下跪倒在地，突然拔枪对准自己的脑袋"只求你，在我死之后，打发个人去看看我老妈。"

他的手臂一动，枪就响了。阿龙手里那支枪，应声落地。

"你要活着。如果你还有良心，就常去看看我儿子，和你大嫂。"

说完，他把枪口对准自己的额头。阿龙跳起来，拼命扑向他，嘴里喊："大哥，不要！"阿龙迈动第一步的时候，看到大哥的手指已经扣动扳机。大哥的脑袋向后猛地一歪。大哥头顶有一柱鲜血，挥洒开来。阿龙被一块木板绊倒，他伏在地上，抬头看着大哥，嘴里无声地呼喊。然后，拿手捶打地面。

最后那声枪响爆裂开来的时候，有一个女人手指下的一根弦，突然"噌"的一声，断了。

大 嫂

当筝上那根弦突然断裂的时候，我就明白，我的厄运骤然降临。

实际上，作为一个大哥的女人，这种厄运，几乎无处不在。

我并不知道，他要去见的，是那个男人，他的大哥。每次他离开家门，我都要提醒他，带上那块玉佛。但显然，这一次不同。他已经谋划好，要杀死自己。所以，玉佛没能保佑他。他跟他的大哥，两个大哥，拥抱着，幸福地死在一起。

是啊，这样去死，何尝不是一种幸福？

我一直问自己，被两个大哥同时爱上，是幸福，还是悲哀？我知道，那男人同样一直爱我。他保护我，不许别人碰我一下。可是，有一天，他突然消失。黑帮老大有这样的结局，一点儿都不奇怪。

而我真正爱上的，是他。他的老大消失后，他成了大哥。

我爱他，是因为他有思想。

这同样算是悲哀。如果他没有思想，他也许不会选择自杀。

毕竟，他有我，还有儿子。他死了，我们怎么办？

我告诉儿子："你爸，他死了。"

儿子脖子一拧："妈，告诉我，谁干的？"

天哪，他才是个刚刚六岁的孩子。

我伸手给他一巴掌："不管是谁，你，都不要再问。"

我们娘儿俩开始逃亡的历程。我们必须得离开这座城市。他的兄弟们为他俩举行了一个隆重的葬礼。葬礼进行的时候，发生枪击事件。对手的主要目标，是我们的儿子。当然，兴许我也算一份。有一颗子弹，打中他一个兄弟的眉心。

我们无处可逃。

我们被一路追杀。

我的手里，随时都准备着一支枪。可我从来就没扣动过扳机。我不知道，枪究竟该怎么用。有一次，大哥帮着我，扶正枪身，告诉我，应该这样，这样。可是，当我触摸到那冰凉的枪身时，我嗅到一股浓重的血腥气味。我差点儿呕吐。

现在，我却必须枪不离身。

有那么一段时间，我以为危险过去了。

我找到一个藏身之处——夜总会。没别的办法，我得靠自己的身体挣钱。养活自己，养活儿子。我把儿子寄养在一个农村老太太家里，我嘱咐他，哪里都不要去。有一天，我去给他送钱，他追问："妈妈，你在做什么，有没有危险？"我差一点儿哭出来。但我笑了。

我说："妈妈非常安全。"

可是，噩梦再次降临。那天，有个客人走进来。我们俩都愣在那里。那男人脱口叫道："大——"他把后面那个"嫂"字很及时地咽回去。愣了半天，他突然晃着脑袋笑："真没想到啊，大哥的女人，居然做妓女。"

我冷冷地说："先生，你认错人了。"

他点点头："也许。"

这个丑陋的家伙狠狠地把我摁在床上，像是发泄内心的怨恨。我把头扭到一边，咬着嘴唇，努力不让眼泪流出来。我不能哭。至少，我得等这个男人走了之后再哭。他发泄完，我跟他要钱，他狞笑："你他妈还跟我要钱？我告诉他们你在这里，我敢打赌，你会被子弹打得浑身是窟窿。"

我低下头。

他走过来，伸手捏起我的下巴。这样，我不得不跟他四目相对："那时候，每次见你，我都忍不住想，哪怕我跟这个女人睡一个晚上，我这辈子，也就知足了。没想到，山不转水转哪。"

我想，也许就是那个时候，我所受的压抑突然爆发，膨胀。但是，我是老大的女人。我知道，什么时候该镇静。于是，我叹口气："你大哥死了。我只好如此。如果你想要我，我可以跟你走。"

他眼珠一转。

我就明白，他在琢磨，我能值多少钱。

他笑了："大嫂，其实，我一直喜欢你。"

我跟他走出夜总会，温顺得像一只小猫。我挽着他的胳膊，走进一条小巷。我把枪掏出来。我知道，枪膛里，已经装满子弹。我需要的，只是扣动扳机。终于，在一个僻静处，我站住。我把枪举在手里。他似乎感觉到异样，突然转回身。我对着他的额头，毫不犹豫开了枪。

那个血洞，灿若桃花。

枪声吓得我浑身一哆嗦，但很快就镇定住。我把枪塞进包里，戴上墨镜，扭身就走。我居然一点儿都不怕了。第一次开枪杀人，竟然这样顺畅无比。

我把随身携带的玉佛塞进一个垃圾桶。

杀了人，还能带那些东西吗？

我重又潜回那座城市。可这次回来，心态大大不同。我在一家医院找到阿龙。他的老妈快要咽气了。阿龙一看到我，脸色变作灰色。

"大嫂，你，不要命啦？"

我简直有点儿佩服自己，语气居然如此冷静："阿龙，想不想做大哥？"

阿龙张大嘴巴。阿龙说："我这条命，是大哥给的。"

我和阿龙开始频频出击。我们收回大哥的好几个赌场和妓馆。毕竟，大哥在世时，也有一帮兄弟。他们随时都准备替我卖命。

他们所有人，都一直喊我“大嫂”。

我生命的尽头，是在一个傍晚。那是个让我很不愉快的夜晚。在赌场内，我第一次发号施令，惩治一个不很顺从的人。那人为自己的言行付出了代价，阿龙很干净利索地切掉他一根手指。当时，我捏着那截手指，哈哈大笑。

出门以后，我迈步走向那辆黑色奔驰。阿龙在左，阿彪在右。照例，阿龙会给我打开左边的后门。阿彪坐在副驾驶位置。阿龙依旧是司机。

可就在阿龙俯身开车门的时候，我突然感觉到，有一丝阴森之气袭击全身。我迅速转身，发现四面八方，都有人影往这边走。我张大嘴巴，同时，一首古筝曲子骤然旋响。在那音律中，我看到阿彪扑通一下趴在车身上，在我脸上哧啦一下溅一道鲜血。我知道我自己掏枪的速度，也是很快的。而且，我迅速趴在地上。结果，我看到阿龙像一截木棍，砸向地面。我没看清他的什么部位被枪击中。我躺在地上，几条人影倒立着跑过来。我开枪打翻一个，然后，滚向旁边的一辆车。可是，来的人太多。我刚想试着站起身，就觉得胸口被撞击一下，我的身体就贴在了那辆车上。我的身上，出现无数个窟窿。

无数根琴弦，散乱开来。

有个人走来，揪着我的头发，把我的头提起来。

他说：“骚货，记住，这是男人的世界。”

就在那一瞬，我突然想，好久好久没见到儿子了。

儿 子

让我计算一下。是的。你爸爸，也就是我大哥，走的时候，你才六岁半。你妈妈——我大嫂，被子弹打成血人的时候，你刚过八岁生日。那时候，你还是个孩子呀！

是啊，大哥大嫂死的时候，我都在场。而你毫不知情。你肯定毫不知情。你就是在现场，你也不会明白，我们大人之间，究竟有什么仇怨，非要这么残忍地互相残杀。

老实说，我也不明白。

这就是江湖。

这就是黑社会。

关于大哥大嫂的死，刚才我已经告诉你，你现在可知道了？可惜，你知道了，也没什么用处啦。如果我早一点儿找到你，也许结局就不会是这样。你瞧瞧我，浑身上下都是伤疤。你妈妈死的那天，我也差点儿丢了性命。你看，这里，这里，就是那天留下的。我如果早些时间找到你，就会把我这一身伤疤的来历，一处一处讲给你听。

我可不管你愿不愿意听。

你要不听，我就扭下你的脑袋。

你阿龙叔叔这点儿本事还是有的。

更何况，我大哥大嫂都嘱咐过我，要我管教你。

可惜，直到昨天，我才见到你的模样。我为了这一天，寻找了足足十年。十年里，我仅仅见过你一次面，还是在电视里。你贩毒，被判刑两年。我看到那个新闻了。我时不时地跟死去的大哥大嫂说，阿龙对不起你们哪！我连你们的儿子都没找到，更何谈照顾他！

十年里，我一直寻找着你的踪迹。所以，我对你走的路，倒是略知一二。

按照你妈妈曾说过的地址，我找到那个村子。那已经是大嫂死后的第二年。此前，我一直在死亡线上，滚过来，滚过去。所以，我根本顾不上你。我到了那里，人家说，那老太太病死了。我问，她不是收养了个孩子吗？人家说，走了，好像去了福利院。

另外，我顺便想问你一下，村子里曾经丢失过几只鸡，还有一条狗被勒死，挂在村头的柿子树上。是不是你干的？

我打听过好几个人，他们都认定，除了你，别人干不出这种事儿来。我知道，你在那里，受尽村里孩子的欺负。做这种事情解解恨，倒也不为过。但大丈夫行走江湖，应该光明磊落。这种偷鸡摸狗的事，终究不是英雄所为。

我接下来去了福利院。

人家说，是有你这么个人。可是，住了没两个月，你就跑了。在跑之前，你把福利院一个孩子的鼻梁打断。而且，还在福利院那个女院长的被窝儿里，塞了一条蛇。

那个女院长狠狠地骂了我一顿。

因为，我说，我是你叔叔。

此后，我就没了你的消息。直到几年以后，你因为贩毒被判刑。我从电视里了解到你此前的经历。你从福利院逃走后，曾经要过饭，也曾经去找过你妈妈。可是，你没找到，你永远都不可能找到她了。在那座城市里，没有找到你能依靠的人。于是，你开始坑蒙拐骗，还跟一个小偷学会掏包。从那段不是很长的新闻里，我还得知，你参与过抢劫。尽管那是小行动，和我跟你老爸当年相比，简直太小儿科。

当然啦，我跟你老爸——我大哥，在闯江湖之前，也基本上是这个路数。

你越做越大，居然一下子就摸到门道，开始贩毒。是的，我承认，这是很赚钱的生意，我跟大哥当年也做，但我们从没吸过。再说，我们的业务范围主要不在这一块。我们搞地下赌场，搞色情场所。不过，我对贩毒这一块，也是相当熟悉。对于你的手段，我一边看电视，一边冷笑，你简直不像大哥的儿子。

大哥的儿子，怎么会这么笨？

我曾经去打听过你究竟在哪里服刑。可是，没人告诉我。你知道，我对警察，对法官，也是非常害怕的。但我自信，我还是有办法。有人给我提供了一个监狱的名字。我想去看看你，结果，进去一问，你被转走了。原因是，你在监狱的号子内，很快就做了老大。而且，搞出许多轰轰烈烈的事儿。比如，把邻舍的一个犯人的腿给弄折了。

没人再告诉我，你去了哪里。

我自己也有点儿灰心丧气。因为，你离大哥大嫂的期望、离大哥大嫂对我的嘱托，已经越来越远。大哥大嫂在最后时刻，都悟到这样的人生经历是残缺不全的。所以，他们不希望你重蹈覆辙。而事实是，你已经走上这条道，走得很干脆。

你知道，昨天我为什么会来吗？

是的，我同样是看到了新闻。

你这次栽得太彻底了——死刑。好家伙，大哥做过那么多的事儿，也够大，够血腥，可是，还没被判过死刑，而是自杀。大嫂是被黑吃黑，在那种环境中，这种死法，倒也像个爷们。可怎么到了你这里，就成了被判处死刑呢？

我一看报纸上的照片和报道，就知道是你。

我想，我总得来看你一眼。

我说过，我不敢接近那些警察和法官。你知道，一不小心，我也会被打进监狱。这些年，我寻找你的过程，实际上也是隐蔽自己的过程。所以，我来给你送行，是小心翼翼的。甚至，我都不敢跟你面对面。我不知道，能和你说些什么。

一切都晚了。

昨天，法官宣判的时候，我就在观众席左边最后一排坐着。我唯一对你有所感触的是，你听到宣判后，居然还是仰着头。你的眼睛里，没有丝毫恐惧。这一点，像你老爸。

这让我突然明白，你是很适合做大哥的。

…………

我不知道，你对我这样安葬你满不满意。你瞧，你的右边，是我大嫂。你的左边，是我大哥。你总算和你爹妈在一起了。

好啦，该絮叨的，我也絮叨得差不多了。我走了。

你知道，尽管我退出江湖，已经很久。可是，难保会有人继续关注你们这一家子的事儿。我其实内心里惶恐不安。也许我刚走出墓地，就会被一颗不知从哪里飞来的子弹，“嘣”一下，干掉小命。

那时候，你说，谁会给我收尸呢？

大 少

就从我们在网吧开始说起吧。

我跟阿娟并排坐着，都戴着耳机，嘴巴都在不停嚼动。另一个我，正在屏幕上，全副武装与人枪战。对手很狡猾，但我知道他们躲在哪儿。拐角处有个企图偷袭的墨镜男子，被我一枪击中胸口，向后倒去！另一个在房顶，我抬起右手，四十五度，枪响！那人直翻下来，迅速消失。

“鼻涕”一副鬼鬼祟祟的样子，走到我身边，低下身说了句什么，我没听清。又干掉一个，我才摘下耳机。

“大少，我看见他们了。”他说。脸上表情有点儿复杂，不是兴奋，也不像紧张，有点尿急找不到厕所的样子。

我点上一支烟：“几个人？”

“五个。”

“叫弟兄们集合。”

阿娟看我一眼，摘下耳机：“大少，你们要干吗？”

我笑：“男人，有男人的事儿。”

阿娟“呸呸”两声，重又忙她的。

“你在这里等，几分钟后我就回来。”我皱皱眉头。

刚开始那会儿，他们称我“龙大少爷”，我觉得这名字太繁琐，还夹杂着一股子腐朽味儿。再说，旧社会的少爷，哪个不病恹恹的像大烟鬼？因此，我告诉他们：“以后，你们，就喊我大少！”

“大少，人都齐了。”

身后，恰好是一家歌房。周杰伦。《青花瓷》。

“我一听这歌就烦！好好一个男人，整得特娘儿们。走吧！”说完，我掏出眼镜戴上。不是墨镜，那个太俗，民国时期的老大才戴墨镜呢！我看上去就是一书生，很有文人气质的，是不是？

跟在我屁股后头的，一共六个。也就是说，我们这边七个，对方五个。

“我把这个也带来了。”“瞌睡虫”凑过来，偷偷摸摸展示他心爱的藏刀。

我伸手给他一巴掌：“傻呀？”他立刻扭身，将那把刀藏在路边花丛里。

这是我出道以来，第一次大行动。我必须让他们知道，老大就是老大。老大会把所有细节都整得明明白白。对付那帮人，需要刀吗？万一警察出现，谁带着刀，谁他妈就倒霉！

那几个人，在露天广场上喝啤酒。

露天广场距离网吧不过几百米，一转眼也就到了。

我把手插进裤兜，嘴巴仍然不停地“反刍”。突然，我嘿的一声笑了。“鼻涕”这臭小子，靠不靠谱啊？什么五个？难道那丫头片子也算一个？

你可以闭上眼睛想象一下，我们七个人走过去的阵势。

我脑子里曾多次出现过下述镜头：我，一个叫大少的老大，一袭黑风衣，下摆被风吹起。高高的衣领竖着，遮住半边脸。宽边牛仔帽，帽檐齐眉。阴冷的目光，从帽檐下逼出来。身后，是一群同样装束的兄弟。我们步伐一致，双腿缓慢推进。掏枪，射击，子弹出膛，弹壳缓缓落地，清晰的响声，叮——当……

是《教父》，还是《美国往事》里的镜头来着？

我们七个站着，在外围。他们五个坐着，像饺子馅儿。

我欣喜地发现，面前那家伙在瑟瑟发抖。

“你就是阿强吧？”我觉得自己的语气像《天下无贼》里的葛优。对此，我很满意。下一个动作，我把口香糖用拇指和食指捏出来，轻轻摁到他胖乎乎的小脸上。我说：“你就这点不好，你不了解大少的脾气。大少的女人，别人怎么能追呢？”

那阿强整个一弱智：“说什么呀你？”

“平时，你语文考几分啊？反应这么慢。”

我那帮兄弟都笑了。

我捏起他下巴：“你不知道，你们班上的阿娟，是大少的女朋友吗？”

在我想来，整个战役差不多到此结束。可我犯了个致命错误！我太轻视对方了。无论如何，在一场真正的对峙当中，你绝对不能把后背亮给敌人！就在我打算把手挪开时，忽听得“砰”的一声！

一声尖叫紧随其后："去死吧你！"

——那个女孩！

我们所有人，都忽视了那个女孩！

当时，天太热，我当然不可能穿黑风衣。我的上身，就一件有龙的图案的T恤。它对我的身体毫无保护作用。

我感觉一道阴森之气，从右肩开始，嗖的一下，就渗透到左屁股！

我惊愕地转回身，看见那女孩手里抓着半截啤酒瓶！

所有人，都戳在那儿，像一根根木头！

在我缓缓地跪倒在地的时候，眼前到处是人影，到处是迈动的腿脚。他们的人，我们的人，朝不同的方向逃窜！我什么声音都听不到，只感到后背火辣辣的！我把右手小心翼翼探过去，又抽回来。整个手掌，都湿漉漉的。我趴在地上。想哭，可又哭不出来。

我从来没有如此无助过！

终于，我对着周围的人群，喊了出来："求求你们，替我叫救护车！打110啊！"

教　母

一次著名的“战役”过后，他们开始喊我“教母”。

也是，一个女孩子，总不能做教父吧？

当时我也不知道哪里来的胆量，顺手就抄起个酒瓶。砰！一边还奇怪，原来摔断酒瓶就这么容易！我紧握手中一半，嚓一下，冲那嚣张的男孩后背划下来！

我被自己的举动惊呆！所有人，差不多都傻眼了！

据说，那位“大少”在一张洁白舒适的床上躺了整整一个月！从那以后，江湖上再也没有“大少”这号人物。另一个人物却声名显赫，那就是我。

不管怎么说，我对警察挺佩服的。第二天上午，他们就找到了学校。是的，我们都是学生。我们五个，对方六七个吧？都是学生。只是不在一个学校。

虽说我下手重点儿，但小女年龄还不到十六岁，还在法定的“一条线”之外。这个我倒还懂。

有个词儿，叫逍遥法外，指的就是我这种状态吧？

估计已经分道扬镳的老爸老妈，都破费不少银子，以至于学校董事会成员沉默良久，也没把我这“害群之母马”清除出局。不过从那以后，我也就彻底脱缰。那位颇有点儿英俊的班主任，试图挽救我。他把我单独留在教室，刚要开口，我只说了一句话，就把他给噎住。我仰面向他，吐气如兰，还可怜兮兮：“老板，你不晓得，我一直在暗恋你吗？”

自此，他看到我如同老鼠见猫。

是的，我不是传统意义上的好女孩。可谁一出生就是坏蛋？我也曾问自己，丫头，你这衰样究竟拜谁所赐？是你那战争不断最后铁青着脸分手的老爹老妈？还是，你周围的环境？反正，不管在何时何地，我就是个多余。纯粹多余。或者说，就是个破罐子。

所以，我去做那件事，丝毫都不为奇。

起初，就因为好玩儿，或者干脆说，出于一种报复心理。

我曾暗恋一个男孩。体育队打篮球的。不止一次，我坐在操场边上默默注视着那个身影。他打比赛，我就像个疯婆子，连蹦带跳，为他呐喊为他助威！以老娘的个性，哪能不主动去投怀送抱？可自从那烂事儿一出，我的名声一落千丈。我有自知之明。我不敢去找他。

后来，我更加绝望。他身边已经有了一个女孩。我认识她。那女孩小腰一扭，就像张曼玉演的小青蛇。那天，我眼睁睁看见她跑向他，与他手拉着手，眼睛看着眼睛。

就在那一刻，我做出一个决定。

我的活动空间,当然不仅仅在学校。那“惊人之举”在江湖上传开之后，校外许多人物居然也想认识我。后来，有过几次机会，对我来说眼界大开。我发现，我们做的那些破事儿，实在不值得一提。

我开始走近那个女孩，努力让她以为我讨好她巴结她。终于有一天，我发现她进了一家网吧，便掏出手机。有个我特崇拜的老大，一直拿我当小妹。

“小妹，我这就过去。”老大嘿了一声。

后来的过程是这样的。我上了一辆黑色轿车。包括老大在内，车上共三个男的。在网吧门口，我们等了好一会儿。那女孩出来，站到路边。我们慢慢靠过去。我摇下玻璃，故作惊喜：“真是你呀！来，上车！”她犹豫一下，打开车门。但立刻就感觉到异样，要求下车。后来，她开始尖叫！她的声音可真难听，像铁铲子与锅底来回摩擦。突然，悄无声息！

我扭过头，看到她脖子底下出现一把匕首！

我微微一笑，继而又皱起眉头。从那时候起，我才感觉到一丝不安。

果然，事态沿着另一条路线推进。

一个偏僻的小区。

一间平房。

进屋后，那个胳膊上刺着小蛇的男子将我推进里面一个房间。这好像跟我的策划有点偏离。我跟老大说就吓唬吓唬她的。我走出来，面对老大：“大哥，我不想玩了。我想回家。”

大哥坐在沙发上，搔着头皮。那颗让我觉得可爱的光头，此时却让我恐怖。他慢悠悠地道："就这胆儿啊？妹妹。人家不都喊你教母吗？"那俩男的，嘿嘿哈哈地笑。

女孩浑身哆嗦。

老大看我半晌，突然站起来，抓起我的手，说："来吧，小妹，跟我来！"他的声音富有磁性，有一股子吸引力。我没有反抗，甚至算得上顺从。我承认我开始莫名其妙地喜欢这个人。喜欢他的霸气，他的成熟，以及他身上的气味。

他关紧房门，回身向我慢慢靠过来。

我碰到了块状的肌肉。我听到了哭泣声。隐隐约约的哭泣声。不是我发出来的。尽管我眼里也已经满是泪水。我没有尖叫，没有呼喊，我甚至一声都没吭。我找不到自己。不知道身在何处。我看到魔鬼的影子，一闪而过……

清醒过来的时候，马路边上，只有我们两个女孩。我站着，她坐着。

路灯发出的光，惨淡清冷。好久好久，我问她："你怎么样？"她没有回答，却缓缓抬起头。她的目光让我忍不住后退一步！

"你，为什么这样对我？"她大声吼叫！

顿时，我泪水满眶。

我说："我没想到会这样。真的，我根本没想到会这样！"

老大

这种感觉真是奇怪。那眼神，为什么老在我脑子里晃啊晃的？挥之不去。她自始至终都一声不吭，就那么看着我。车缓缓离开，她在一点点后退，但一直看着我。终于，我扭回了头。

我们都干了些什么啊？她们俩，还都是孩子。

“为什么不高兴，老大？”阿新问。

我脱口而出：“你们有没有负罪感？”

开车的阿桂立刻扭回头来，我猜他对我的话会惊诧无比。是啊，我们什么时候有过负罪感？我们过的就是一种在刀刃上行走的日子。负罪感？可笑。

阿桂面无表情：“老大，要不，顺道去买本《圣经》来学学？”

“哈！”阿新夸张地一挥手。

我伸手捣阿桂一拳。

但我心里很清楚，这次或许惹上了大麻烦。我答应那个“教母”，只是吓唬一下另一个女孩。她跟“教母”爱上同一个男孩。没想到，阿新和阿桂这俩小子，把那女孩……我该想到的。

那么，自己呢？自己又是什么好东西？

“那女孩报警怎么办？”我淡淡地问。

两人一起看我。

好半天，我叹口气：“还是躲一躲吧。把这车号换掉。都到我那里去。”

当晚，“教母”打来电话。拿起手机的一瞬，我暗骂自己：“你个该死的！”目前，这一条线无比危险。我应该立即将它掐断。但又暗问自己：“难道，你内心不是盼着那精灵古怪的丫头跟你联系吗？”我不得不承认，从遇到这小丫头开始,我的心里就没安稳过。那是一种说不出来的心慌意乱。

“你赶紧走！”她声音急促。

“为什么？”

“我想，她可能会去报警。”

“为什么给我打这个电话？”

“因为，”她突然爆发，“因为，你他妈的是我第一个男人！你知道不知道？”

她把电话扣了。公用电话。里面吵吵嚷嚷。我扭过头，看着窗外。

“怎么啦？老大。”阿新问。

我默不作声，走向房间。但我已然读懂他们的眼神。这是极其危险的信号！我们原本互不设防。是啊，一个老大原本不该如此。

我突然转回身：“阿桂，你去，把我们的手机全都处理掉！”

阿新问：“是不是该离开这儿？”

我盯着他的眼睛：“我们能躲到哪里去？”

接下来的日子，有一股特殊味道在屋子里弥漫，越来越浓。那晚，我听到阿桂和阿新在吵，推门出去，阿新正咬牙切齿：“你他妈别装蒜！是你的主意，你先上的！”

阿桂把烟灰缸摔到地上，冷笑：“大家是一条绳上的蚂蚱！”

我目露凶光：“干什么呢？”

俩人低下头。

我很清楚，屋子里的三个人之间已没了信任。我没有参与对那女孩的伤害。这一点他们肯定耿耿于怀。而我与“教母”发生关系，严格地说并没有逾越法律。在这个游戏最关键的一环上，我是旁观者，并非参与者。

这很可怕！

要知道，我们每个人身体里都淌着狼的血液。我们都负案累累。

或者说，任何一个疏漏，我们就会一起进监狱。

奇怪，还是奇怪！以前我从来不如此优柔寡断，也从不考虑未来。我坐在床上，一支接一支地抽烟。一个又一个烟圈中，却出现我以前的每一个镜头。这是一条不归路！只要上了这条道，恐怕只有两个结局：监狱，或者地狱。

“你他妈的是我第一个男人！”这句话像把刀子，在我心上割来割去。

又过了一周，我终于决定出去一趟。我知道也许很危险。这危险，很可能来自内部。他们两个果然一齐盯着我：“你去哪儿？”

“去买菜，行不行？”我说。

回来的时候，我手里却忘记提着菜。一进门，两人就站起来，盯我双手一眼。该死！

阿桂慢慢走近：“去哪儿了？老大。”阿新站起身来，将手插进口袋。

故事要出现结尾。

我故作镇定：“我去找那小丫头，没找到。”

自始至终，我都用眼角注意他们两个。哪怕在我脱下外衣的时候。阿桂第一个对我发动袭击！他先出左拳。我迅速弓下腰，同时也用左拳击他腹部。阿新手里攥着刀子，冲我后背刺来。我慢了半拍，那匕首沿着我的左腹部划过来。我下意识地去抚摸，就在那时，阿桂的右拳已逼到眼前。我从沙发靠背中间，轱辘一下后翻过去。我半趴在地上，睁不开眼睛，鼻梁似乎被打断。后背的某个部位，突然一热！那地方应该是匕首的出入通道吧？

整个过程，不过数秒。谁也没说话。

好大一片油菜花！漫山遍野。一个男孩趴在母亲的背上，吸一口，再吸一口，甜丝丝的，是母亲的乳香，还是花香？远处的山村或隐或现，炊烟袅袅。是谁，唱起我熟悉的家乡的歌儿？

好多的人！警灯闪烁。还有那可爱的小丫头！她无声地哭喊着，挣扎着，试图到我这边来！我飘在云层顶端。我奋力探出左手。“来，小妹，跟我来。”可我什么都抓不到……

我想对她说，“教母”这个外号，真的一点都不好玩儿！

夸父夸父

1954年，河南灵宝。

我能不能谈谈我的观点？教授。学生问。

老教授衣衫褴褛，正眯着眼睛，注视那块斑驳淋漓，却完整无损的《夸父峪碑记》，点头，说说看。

我觉得，夸父是群体，泛指，而不是单个的人。老师您看，据史料记载，黄炎二帝作战，炎帝走败。作为其分支，夸父部落回撤至我们现在所处区域，其时正值天气大旱，部族成员大都干渴而死……

不，我还是宁愿把夸父看作一个人。教授打断学生的话，是一个人呵！如果是群体，那桃林如何解释？

桃林是夸父的手杖所化。可，那是真正的神话传说。

是传说。教授自言自语。肌肉发达健美的夸父，手持一根竹杖，目光炯炯，注视太阳，健步如飞，震得大地怦然作响。后来，他终于追上了太阳，他该是发出了一个惊天动地，酣畅淋漓的吼声！但是，他渴了。他喝干了所有的水，你听，咕咚咕咚，大河的水一线一线下沉。但还是解不了夸父的干渴。这位英雄最后扬手一掷，手杖化作桃林。他却变成了一座山。

这是英雄主义。学生说。

当然，教授盯着他的学生，我们的传说大都是英雄主义，浪漫色彩。这是人类的精神支柱。夸父是人格化的神，或者神化的人。

学生想说什么，嘴唇动动，不再分辩。

学生去看碑的落款：道光十七年。

1967年，北京某校。

记得夸父吗？学生问。

教授不语，看墙角。

学生挽挽袖子。我还是坚持己见，夸父是一个群体。只有它是个群体，所有传说才能得以印证。逐日渴死的那个夸父可看作其部落一员。《山海经•海外北经》记载“一博父国”，就是指夸父国，分明是个群体。而桃林，可看作是氏族的图腾。

教授微笑。这时节，你能和我讨论这种问题，我很荣幸。但，我依然认为，夸父就是一个单独的人，不是群体。

你在搞个人崇拜！知道不？你消解群体的力量，极度膨胀个人欲望！

教授依然笑。言重了。

学生挥手，另外几个带红箍的年轻人走进，把教授带去，再架回，教授的一条腿便折了。

教授软软瘫在当地。

学生伏下身，你说夸父是一个人，还是群体？

教授牙齿咬着，嘴角仍然挤出一丝笑，我觉得，他，就是一个人。

学生盯看教授半天，嘿地笑了。笑过，伸出右脚，踏在教授的瘸腿受伤部位，边踏，边问，知道浪漫主义和现实主义的区别了吗？

1984年，河南灵宝。

教授拄着拐杖下了大巴车。车玻璃上，写着，“河南大学中原神话调查组”。

几个姑娘小伙围在教授周围，搀扶他，簇拥他。教授挥挥手杖，笑，知道吗？当年，夸父就这样拿着手杖，在大地上健步如飞，追赶太阳。学生们连连脆笑。教授欲作奔跑状，可惜他不能健步如飞，他一条腿已化作假肢。所以，摇摇晃晃，几欲跌倒。

他们来到那石碑前。

那碑残缺不全，上边两角，有增补痕迹。

教授抚摸良久，长叹，未语。

有年轻人过来，老教授，现在我们调查出许多版本。关于夸父之死，以及夸父峪八大社与夸父营的纷争等等。我想问您个问题，您认为，夸父是一个人呢，还是一个群体？

教授胡须一抖。

教授伸手摸一下他的残腿。

然后，教授微笑。

教授说，年轻人，自己琢磨一下。

2000年，北京。

教授仰躺在树下藤椅上，似乎透过重重叠叠的树叶看天，天上，太阳很炎，教授只能眯眼。其实，教授也懒得睁大眼睛。他几乎不能动弹。

教授眼睛的余光捕捉到自己重孙子的身影。

重孙解下耳朵上的耳机，嘴里，嚼动一块口香糖。

重孙却把头伸到教授耳朵边，老爷爷，我们班要举行一场辩论，你说好笑不好笑？辩论的主题是，夸父究竟是一个人，还是群体？我选择了群体。您曾研究过这个问题？能不能帮我？

他的话还没说完，就吃惊地看到，教授的右腿，骤然哆嗦一下！

然后，教授一动不动。

眼睛慢慢闭上。

再没起来。

注：夸，大也。父，美男子也。可体现其氏族人的体质、性格和疾行善走等特征。

蓝桥会

那就是蓝桥。

赶马车的老人枯枝般的手指一挑。夕阳在他的指尖迸溅渲染开来，在那斑驳淋漓中，一座桥的影子出现了。

井？老人甩出一鞭，然后回答，井当然还在桥边。

说着，近了。待双脚落了地，已在桥上了。

是的，我的双脚就站在蓝桥上，站在一个悲剧的舞台上。

那书生就是从这里掉下去的吧？

老人迷了眼，看着天。那只是个传说。

可那个传说多么优美，多么凄恻。我说。

我查过县志，确信这里正是发生那个悲剧的地方。此刻我激动不已，我已经接近了两颗燃烧的激跳的情人的心，我已经触摸到了他们殉情的痕迹。

孩子，小心点。老人说。

我一笑，我不会落水的，大爷，何况，桥下面的水几乎要干了。

老人盯我一眼，缓缓地走了。

我看见了那口井，那口一个古装少妇曾哀怨地往返担水的井。井沿光光滑滑，显然仍有人来挑水。我在那个井台上坐下，目光沿了那条碎石小道走进了那片树林，也走进了那段传说。

一个少妇肩了一担水桶从林的开口处悄然出现。

女人叫瑞莲。县志上就这样写的。

此时，她走进了我的视线，从历史走进现实。

书生叫秀时，书生当时渴了，他站在井台边束手无策。这时的瑞莲也这样碎步走来。瑞莲来担水。书生鼓足勇气，求大嫂借水桶一用。

少妇莞尔一笑，说，你用吧。

我接过桶来，缓缓地放进井底。可是，我无法让井水灌进水桶。

少妇笑了，一看就是个读书人。

少妇就接过去，手腕一抖，桶已满了。

秀时俯下头，咕咚咕咚大灌一气。喝够了，却不走。却问，你家大哥怎么不来担水？如没这一问，兴许也就没有后来的故事了。这一问，倒问得少妇珠泪连连。瑞莲道出了伤心事，“丈夫整日不务正业，嫖赌在外，婆婆残虐，妾命苦，如嫁夫如君，死无憾。”

我此时便如那个书生了。这一切仿佛是那个传说的重现。

我问，莫非你也受丈夫公婆的虐待？

少妇脸上顿现愁容，同时机警地四下一望。

我顿时觉得这里面大有文章。

正待问，少妇却急急说出一句，你救救我吧！

少妇说，我还不如那个瑞莲呢。

少妇说，我在十年前就被人贩子卖在这里。我男人是个傻子。

少妇说，我逃了十几次了，每次都被抓回来，往死里打。

我感到热血沸腾。我必须救出这个可怜的女子。我问，我该怎么做？

少妇说，天黑的时候，你在桥头等我，我跟你逃出去。

天说黑就黑了。

我站在那棵柳树或是杨树后面，踩在也许书生曾踩过的石板上。体验着一种前所未有的体验。

书生等他的情人。我在等一个被拐卖的妇女。

书生很着急，因为雨越下越大。书生当时带了一把伞，可还是浑身湿透。书生在桥头踱来踱去，后来走到桥下避雨。桥下的水很快上来了。逼迫他也走上来，站在电闪雷鸣中。突然，他一个趔趄，滑进了桥下的大水！瑞莲来得太迟，迟得只能借着电闪看到书生的鞋子和雨伞。她脸上满是泪水雨水，她仰了脸，恨骂了一声苍天，然后，从桥的正中间，跳下去了！

要是再下点雨，一切都齐了。

我正在怀疑着情节间的巧合，女人的身影出现了！

我闪将出来，抓住女人的手，低声说，快走！

然而，我们走不了了。面前突然闪出两条铁塔般的汉子。一个说，我看你就不是好东西！正待分辩，脸上已着了他一拳，眼前金星乱舞起来。另一个和气，小子，拿五千块钱来，就不用送你去派出所了！

转眼之间，我包里的两千多块钱就换了主人。接下来，腰上背上或者是什么部位又吃了一通拳脚，我便像一个醉汉一样向后倒去，倒去。脑子里却清晰地听到一连串的男人女人的笑声。

老人的马车载着一个前来采风的青年人缓缓走出了那个小山村。

我睁开眼，脑子里仍是混混沌沌。

老人的背冲着我，一绺洁白的胡子在风中舞着。我挣扎着抬起了头，目送着沐浴在清澄的朝阳下的蓝桥渐行渐远。

你是第十个。老人淡淡地，说，孩子，其实，这就是生活。

第三辑　美如昙花

历史是面镜子。我们读历史，在历史长河里汲取不尽的营养，目的仍在借鉴，在反思，在烛照当下。大浪淘沙，流走的是时间，是时代幕布上的嘈杂元素，是人物的背影，是事件的喧嚣。但一脉传承的永恒的东西，却不会流逝和改变，那就是人性本质。在任何时候，它都具有现实性和当下性，只是置于不同的历史背景之上，已远不能用是与非，对与错等简单的价值观来评判。滚滚长江东逝水，浪花淘尽英雄。淘不走的，是最具有价值和意义的。

床

床的正边雕有一龙一凤，四根腿上则满是花纹。纹络细腻，线条流畅。一瞧，便知它出自能工巧匠之手。加之通体黝亮沉郁，古色古香。再不懂行情的人都会明白，这东西，值钱！

这是清代之物，我家祖传的。文萱指着床，面对了水莲，一脸自豪。

水莲沉思片刻，却问，她睡过吗？

文萱收了笑，哼了一声。你怎么问这个？

水莲眨眨眼睛，说，别人睡过的，我不睡。

文萱皱起眉头，一笑，这可不像是新娘子的话。他在“新娘子”三个字上加强了语气。

水莲把头扭向一侧，眼泪悄然溢出。

水莲说，难道我就不能要求睡一张新床吗？

文萱忙摆着手，说，你不愿意睡这张床，我们可以去看张新的。

这样，水莲就不好说什么了。总不能一过门马上要求人家换床，而且，大喜的日子，说这，显然是个忌讳。再说了，这总归是一张很值钱的床。很值钱的床让你来睡，如果你拒绝，倒象给脸面不要似地。

于是，睡下。

文萱折腾得很是起劲。

罢了，鼾声大起。水莲却睡不着，翻来覆去，一闭眼，就闪出一个不甚分明的影子来，一下睁了眼，四望，如此几次，索性起了身，满屋乱踱。

天亮，文萱就见水莲眼圈黑黑。

但文萱并未在意，文萱当然没必要去琢磨这些碎事。文萱有正经生意要做，娶进水莲只是一件水到渠成的事。大太太死了，娶房小的，如此而已。

何况，水莲的爹还欠他许多的钱。

文萱做药材生意，天底下没有他不懂的药。只要你报出一个药名，他马上就会讲出这种药在各地的价格。他知道到哪里去进药会赚到钱。而且你别想拿假药蒙他。他根本就不用捏起来细瞧，只需用鼻子一闻，就知你这药是真是假，连里头含多少水分都一清二楚。

嫁给这样的人，怎不算是福气呢？便是做小，那又算什么？人家家里头绫罗绸缎可是应有尽有。有人说他家即使什么都不干，那家底三辈子也吃不完。

所以，水莲提的要求，文萱压根儿没往心里去。

他想，女人嘛，都是三分钟热度。

可水莲的热度却不止三分钟。

过了几天，水莲红着眼睛再一次提出那个要求。

文萱就很不高兴。文萱就黑了脸，说，我娶你，是要你来当管家的吗？

水莲说，那，你娶我是为了干什么呢？

你说呢？文萱盯了水莲，反问一句。说着，要搂抱水莲，水莲一躲，说，我没心思。文萱端详她半天，脸色渐渐凉了，一转身，拂袖而去。

水莲就回了娘家。

水莲对他爹放声大哭。爹倒没哭，反而训斥她几句。爹放下手中的水烟袋，吩咐水莲的哥哥，套车，把你妹妹给文萱送回去。

水莲依旧得去睡那张床。

只是，水莲不再回娘家了。

水莲开始做噩梦，老是梦见一个女人模糊的影子，影子有一次还说了句怪怪的话，影子说，那张床是我的。

水莲一下子惊醒，脸上就满了泪。

慢慢地，文萱发现，水莲开始说一些莫名其妙的话，反应也大不如从前机敏。文萱越发对她失了兴趣。再说，像文萱这种人，身边的女人还能少了吗？那一次，文萱很晚才回到家，发现水莲竟睡在地板上。他哼了一声，低低地说，疯了！

他并没有说错，水莲真的疯了。

突出的表现是，她开始在那张床边大小便。

文萱就托人捎信给她的岳父。

文萱说，你对他说，是他自己来接回去，还是我给他送回去？

回话说，人是你的，你瞧着处理，送哪里都成，就是别送回娘家。

文萱用茶盖拂着杯里的茶叶棒，嘿地一声笑了。

但文萱哪里也送不成了，文萱正在药铺子里合计这事的时候，突然看到自己家里浓烟滚滚。他三步并作两步往家奔，迎头就和一个下人撞在一起，告诉他，不好了，太太把自己绑在床上，点上火了！

文萱一把揪住那人的领子，吼，哪张床？

就是您房里那张啊！

狗日的，还不赶紧去把火救了，知道那张床值多少钱吗？

井

那口井在后花园里，水面与井沿的距离很遥远，打顶上往下一瞧，男人还稍好一点，换了女人，往往被吓得心跳半天。

院子里的女人们一般是不敢到这井边转悠的。

打水的任务由老贺来完成。

老贺其实年纪并不大，生得老气些，平时又不避阳光，晒得跟黑炭头似的。家境又不好。所以，老贺身边连个暖被窝的女人都没有。没有女人的老贺却是把侍弄花草的好手，宽宽阔阔的后花园让老贺收拾得一年四季五颜六色。每次老爷走进后花园，都会背了手，笑着骂一句，你个狗日的老贺！

老贺就笑，老贺能听得出来，老爷这是赞他。

所以，老贺干得很卖力气。

老贺的手轻轻一抖，水桶就在井底下倒个个儿，噗咙一声，就满了水。老贺就左手倒向右手，腮帮子上的筋一跳一跳，水满满的上来了。饮用的水一个缸一个缸倒满。至于浇花草用的水，则要用太阳晒。井水太凉。

那女人一进府，就显得与众不同。

这一点，老贺体会非常深刻。

那一天，后花园突然出现一个细胳膊细腿的女人。女人瞧罢那些花草，径直到井边来了。当时老贺不知道她是老爷刚带回来的四姨太。老贺就咋呼，那井可深着呢！别吓着你。女人瞧她一眼，轻轻一笑，你就是老贺？

说着，站到井沿边上了。

老贺顾不得回答，呆愣愣地瞧她，怕一不小心吓了她。却见女人低头向井里看着，哧地一声笑，我的头发怎么成这个样子？

老贺就在心底暗叹，这个女人！真不简单呢。

后来，老贺听厨房里洗菜的吴妈说，她就是四姨太。还悄声悄气地加上一句，是烟雨楼的女人。

真正让老贺觉得女人不简单的事还在后头呢。

许多天后，女人突然竟想从井里往上打水！女人扯了绳子，一抖，再一抖，桶还是翻不过去。女人就着急，女人就喊，老贺，老贺。老贺立在一边，垂着手，回答，太太，您要我干什么？

女人说，你教我。

老贺说，太太，府里的女人可没有一个打水的。

女人说，那是她们胆子小，我可不怕。

老贺没办法，就走过去作示范，一抖手，水满了。女人接过去，照着样子做，仍不行。女人就说，你过来呀，近一点。老贺就走近了，两人的手就握在同一根绳子上。老贺的脑子里就哧溜一下钻进一股脂粉香气。老贺一摇头，再一摇头，那香气竟挥之不去！一不小心，碰到软软的手，老贺一哆嗦，手就松了，绳子出溜一下掉进井里。

老贺吓得赶紧后躲，却听到女人呵呵笑起来。

后来的几日，老贺的耳朵里就满了那笑，走着，坐着，那声音都围了他转。老贺陷入了前所未有的苦恼。从那时候起，老贺开始盼望四姨太到后花园来。可四姨太毕竟是四姨太，她不会把多半的时间打发在花园里。四姨太得陪老爷上戏园子，抽大烟，当然还有睡觉，陪老爷另外的女人打牌以及忙于她自已的梳妆打扮。

老贺脑子里的四姨太，就总是笑的。

那天，却瞧见了四姨太的哭。

四姨太是跑进后花园的，四姨太的脸上分明地挂着泪。当时，老贺躺在草间眯着眼睛瞧天上斑斑驳驳的太阳。女人没瞧见他。女人一边哭一边笑一边骂，你们一个个，谁她妈不是婊子？

老贺不敢吭声，可四姨太还是凭着感觉，一下子瞧见他。

四姨太像雨打的芭蕉似地站着。

俩人都没说话，就那么瞧着。

许多天后的一个雨夜，老贺刚躺下，有轻微敲门声。开了门，一团香气随了一个人影就卷进来。有个哭泣的声音，带我走！这鬼地方我一天也呆不下去！

老贺傻愣愣地立在原地，不知所措。

突然间，外面灯火通明，嘈嘈杂杂的声音瞬时就把屋子包围。一个女人略带谄媚的声音，老爷，我说的没错吧？

老爷的脸在灯光下，在气势如虹的大雨中，扭曲着。老爷咬着牙齿吐了三个字，狗日的！

四姨太瞧了老贺，说，老贺，我只想听你说一句话，你喜欢我！

老贺哆嗦着，哆嗦着，扑通一声就跪下！老贺声音颤抖，老爷，我和她一丁点关系都没有，是她自己找来的，真的！

女人盯着老贺，半天，竟嘿地一声笑了，笑着笑着，突然，她就跑进了雨帘中。老爷狠狠地叫，逮住那臭婊子！可谁也没有抓住女人。老贺的目光一直追随着她，电闪雷鸣中，他看到那个女人一袭白衣毫不犹豫地跑着，跑着。

突然，消失了！

老贺的心里咕咚一声！

他知道，女人消失的位置就是那口井！

玉

玉小姐可是个闻名遐迩的人物。

小城内有头有脸的男人都以能够见到她为荣耀。玉小姐弹得一手好琵琶。玉小姐在翠花楼将琵琶一弹，全城立马就会悄无声息。挑担儿的，骑马的，卖烧饼的，甚至抱了打狗棍乞讨的，都傻愣愣地扭了头，冲一个方向。

翠花楼的生意就很兴旺。

一多半的人，都是来一睹芳颜的，但大都没这个眼福。据说，有好多天津卫、北京城的阔少专门来小城，一住几个月，连玉姑娘的面都瞧不着。

姻缘注定就是姻缘。玉小姐后来就想，谁让自己那一天弹琵琶来着？而且偏偏在那个军官经过小城的时候。

部队本来是经过小城向北开去的，没打算停下来。可走着走着，军官觉着不对劲，今天的队伍咋就这么整齐肃静呢？再细听，明白了，这帮兵们在听琵琶曲子呢。军官就暗骂一声，把马缰绳一扯，问旁边一个卖东西的，这是谁在弹琵琶呢？卖东西的说，翠花楼的玉小姐！

军官就在马上闭了眼，那琵琶声丝丝绺绺钻进耳朵，钻进肌肤，钻进五脏六腑，天地间一片澄明，连日来的奔波疲惫竟一扫而光！

军官命士兵在北城门外安营扎寨，他自己一扯斗蓬，沿街就朝翠花楼走去。

那天，玉小姐弹奏得格外投入，当最后一个音符如飞鸟投林般消失后，玉小姐站起来，轻轻走到窗前，掀起窗帘，往楼下看，一眼就瞧见那个策马而来的魁梧的军官。

偏巧军官正抬头，四目相对，便如磁铁一般吸引住。

好半天，玉小姐才面上一红，躲进房内。

军官进了翠花楼，抬脚就往楼上走，一个涂抹得十分鲜艳的女子就拦上来,玉小姐今天已经约人了。军官鼻子哼一声,手便探进兜里,再伸出来，手里已多了一些东西，吓得女人哎呀一声，那是几粒金黄的子弹！

军官直接上楼，玉小姐已经从房里走到门口。

军官就瞧了玉小姐，只见她眼波流转，顾盼间情飞意扬。唇似凝蕊，开歙时似嗔却笑。军官呆了,傻了,不知身在何处了。良久才摆脱窘态,问，刚才的琵琶是小姐弹奏的吗？玉小姐轻启朱唇，说，正是小女子。

军官道，可否再为我弹奏一曲？

在一天内，我是不会弹奏两首曲子的。

那，可真是太遗憾。军官的眼睛一刻也没有从玉小姐的脸上挪开。

玉小姐低了头，为了先生，我可以破例。

一丝笑，悄然浮上军官的嘴角。

玉小姐取过琵琶，端坐下来，抬头瞧军官一眼，轻挑兰花指，向琴弦抚去。登时间，一个个音符在房间内轻盈灵活地跳跃开来。军官闭了目，仰着脸，便瞧见江南的水乡，烟波浸润，朦胧似纱，小桥流水，扁舟轻摇。

弹罢，两个人顿在那里，久久无言。

后来，人们惊讶地看到玉小姐把军官送到大门口！而且，人们还注意到，那支队伍在城北边驻扎下来，一连就是三天。三天内，玉小姐接待的唯一客人，就是那个军官。

那天，军官的眼睛里喷着火焰，说他必须得走。玉小姐就定定地瞧他，悄然走到门口，掩了门，然后回转身，缓缓除去衣服。站在军官面前的，便是赤裸裸一个仙女。

军官离去时，送玉小姐一块玉，说，这是母亲传给我的。

玉小姐热泪盈眶，你可不要负了我！

自此，玉小姐开始漫长的等待。玉小姐依旧弹琵琶。可谁也没有见她真正的笑。那些抛洒了大把大把银子的男人在触了冷脸之后，心里老大的不爽。后来逐渐知道她和那军官的故事。知道后，一脸猥亵，说，叫那个狗日的尝了鲜啦！

玉小姐却开始日见憔悴。

后来的一天，鸨母走进玉小姐的房间，冷冷地说，你该干点正经事了。

玉小姐就哭，我是那个军官的人，我要为他守身如玉！

鸨母冷笑一声。

当天晚上，有人听到玉小姐的房间里传来一声尖叫，再后来，就是嘤嘤的哭泣声。听到这声音，翠花楼里的男人女人非常开心地笑了。

次日一大早，有人发现玉小姐吊在房梁上！

鸨母收拾玉小姐的遗物时发现了那块玉，她非常惊喜地拿了给玉器行的邬老板瞧，看能值多少块大洋。邬老板戴了花镜，拿了放大镜，仔细端详一阵子，哧地一声就笑了，吐出两个字来，假的！

文　人

论起来，嵇康、阮籍和钟会都是文学圈的人。

但前两位，都有点瞧不起后一位。他算只什么鸟？简直糟蹋文字。这个贵公子，写诗，不过是个走仕途的手法。但一开始，钟会这人还算谦虚。有作品，就想请大手腕指点。可大腕都不好接近。阮籍喜欢装聋作哑，说话模棱两可，让人难把其脉。而嵇康，平素只给他白眼观摩。钟会写了《四本论》，想拿给嵇康斧正，到他家门外，老觉得腿肚子哆嗦。于是，隔着墙，给他扔进去。嵇康拾起来，顺手就丢进茅坑。

至于嵇阮二位“竹林七贤”老大级人物，互相倒还钦佩。嵇康就曾晃着脑袋感叹，阮籍这老家伙，从不说别人缺点。我想学，都学不来！

他的确学不来。他这人，骨头比铁还硬。而阮籍办事，就灵活多啦！

比如，大将军司马昭分别露出请他俩出山的意思，无非聘个文化名流给自己脸上贴金。

司马昭什么东西啊？他篡夺曹氏政权之心，路人皆知。

两人都不想理他。

阮籍的做法是，装疯，卖傻。他每天都泡在酒楼。偶尔，还揽过老板娘来，讲些荤话。那一次，嗬，更猛！脱得一丝不挂，在一间空屋子里，仰躺成一个“大”字，给观众表演行为艺术！他还振振有词：我以天地为房舍，以屋宇为衣服，你们干吗钻我内裤？

对他这举动，司马昭先笑，后骂：文人，都他妈有病！

可嵇康就不同。

司马昭知道这人嘴硬牙更硬，先托嵇康的朋友山巨源去做思想工作。

山巨源一进门，瞧见嵇康光着膀子，在院子里那棵歪脖子柳树下，打铁。

名人锻炼身体，都与众不同。

嵇康本来就“萧萧肃肃，爽朗清举”，肌肉又搞得像练过健美，加之文采斐然，精通音律，难怪曹操的曾孙女看他第一眼，就想扑进他怀里撒娇。

嵇康明白好友来意，当下就拉长老脸。次日，写封长长的绝交信，打发人送给山巨源。把司马昭和老朋友，一并给得罪掉！

司马昭气得咬牙。司马昭就想，早晚，让你死在我手！

看来，纯文人，不屑于搞政治。

但文人里头，也有天生钻营仕途的。

没想到，那钟会三拐两拐，成了司马昭的心腹谋士。钟会成谋士之后，却开始谋算嵇康。因为，嵇康也曾彻底得罪过他。

钟会约好一帮子文学青年去拜会嵇康。那家伙抡着大锤，在那里丁丁当当，挥汗如雨。嵇康的好友向秀，俯首拉风箱，满脸是灰。俩人一边忙活，一边有说有笑。一帮子文人傻乎乎围一圈，看了老半天。那两位却旁若无人。钟会的脸色青一阵白一阵，怏怏而走。嵇康这时才问：“何所闻而来，何所见而去？”钟会站到门口，并不回头，狠狠地说：“闻所闻而来，见所见而去！”

你看，钟会这人，也还不是彻底的半吊子。

但嵇康算是彻底把钟会惹恼了。

文人算计文人，向来不择手段。

这简直是怪事儿！

钟会就去对司马昭说，嵇康这人，卧龙也。不可用。

司马昭眨巴眨巴眼睛，没说话。心想，这我还不清楚？不说别的，冲他是曹家门上的女婿，我就不能容他！

但历史上任何政客要拿文化名人开刀，都要掂量，都要谋划。

譬如，司马迁得罪刘彻，也没掉脑袋，却让人把裆内物品切了去。白脸曹操杀文人手段更巧妙，文学愤青祢衡惹他生气，他玩个借刀杀人。孔融、崔琰、杨修也被相继灭得有理有据。

司马昭终于等到机会。

嵇康的朋友吕安犯事，被关进大狱，把嵇康扯了进去。钟会听说消息，一路响屁跑到司马昭面前，说：“不诛康，无以清洁王道。”

这句话，直接把嵇康送上断头台。

杀嵇康、吕安那天，洛阳城内人声鼎沸，三千太学生联名上书，要求不杀嵇康。

自然，就被驳回。

吕安跪在那里，以头撞枷，撞出鲜血，我死不足惜，可连累嵇兄，让我如何能安心九泉？嵇康却仰面看天，哈哈大笑。正午阳光，火辣辣照在他脸上。

嵇康说，没你这事，我照样得死。

嵇康喊，为我取琴来！

不一会儿，有人递一古琴上来。嵇康探手抚琴，头再次缓缓抬起，眯眼睛去看太阳。再低下，双目已紧闭。蓦地一下，一个琴音径直弹入每个人的耳孔！偌大一个东市，除却琴音，不闻一丝杂声。

——是他精熟的《广陵散》！

那刽子手怀中抱刀，眼神渐渐晦暗。一线刀锋，微微抖颤。

音律突然加快，似乎夹杂刀枪铁马。每个人眼里，有厮杀，有鲜血，有仇恨，有火焰。音律戛然而止！嵇康十根手指顿住，却见血线溅出，连同几丝绷断琴弦，缠缠绕绕，在阳光下，灿然飞舞！

嵇康仰头，挺直脖子，叹道："《广陵散》，如今绝矣！"

遥远的大殿里，司马昭浑身震颤一下，眉头紧锁。他打量一眼钟会，钟会也在看。钟会从他眼里，看出悔意。

那天晚上，五十三岁的阮籍再次喝得找不到北。不久，阮籍病逝。

又过几年，钟会也被司马昭杀掉。

司马昭背着手，自言自语，你他妈太阴险啦，还想超过我吗？

广陵散

聂政坐在一个酒肆里，面如止水。

秋日的风已露出了峥嵘气象，吹得檐角枯草，吱吱作响。

聂政的目光掷向窗外，有一稀稀落落的丧葬队伍缓缓走过，灰黄纸片散乱了黄昏的半个天空。那队伍寂静而行，竟不闻半丝泣声！

看来，又有一个人，像父亲一样，被暴君害死了。聂政眼里，有恶恶的光一闪而过。该去了。他抹一把脸，左手将腰间的短剑一捏，凛凛地出了酒肆。

风舞得正邪。

次日黄昏。修建宫殿的工地。

和聂政的目光不经意一撞，国君韩哀侯就明白了，这群匠人里头，有个人是来取他性命的。他不动声色,转身就走。聂政手里瞬时已多了一剑，脚步也迅疾跃起。哪料韩王早有防备，躲得自是恰到好处。聂政再出手，已然迟了。卫士水般围拢过来！聂政趁势翻墙而逃！

在父亲坟前，聂政跪了整整一夜。现在，他需要藏匿了。他的画像，已挂在了韩国的角角落落。

三年后。一个削瘦的身影出现在韩国的街市上。

那身影正郁郁前行，面前忽地就多了一个女人，一个男孩。

那人浑身悄然一震！

你，像极了一个人。女人盯了他道。

谁？那人的声音嘶哑、冷漠。

我的丈夫。我足足三年没见到他了。你浑身上下，有一个地方非常像他。

那人腮边的肌肉一抖。哪儿？

牙齿。

那人仰天大笑，你这女人，莫不是疯了？说完，直直地过去了。眼角，却兀自有了泪。

转眼，又三年。

这一天，韩国都城城楼下，蓦地多了一个盘膝而坐的黑面男子。面前横摆一张满身断纹的古琴。此人轻挽双手，在那古琴上抚出第一个音符时，众人便止了手头活儿，齐齐地扭头来瞧。再听，愈加不同凡响，时而清虚淡远，时而酣畅淋漓，时而冰泉凝咽，时而深沉凝重。人愈来愈多，静静围拢过来。路侧，立了数匹骡马，竟高昂其首，寂然无声。

不久，琴音把韩王的属下给吸引来了。

国君韩哀侯的寿诞到了。宴上需要这么一位抚琴高手。

再打量那弹琴者，却实在太丑陋了。脸似锅底，发如乱麻。张嘴一笑，竟一颗牙齿也寻不见。一开口，嗓音竟像破锣一般怪异。

众人皆感叹，奇人自有异像啊！

就这样进了宫。

韩王寿诞宴上，男子施了浑身解数奏琴。把韩王及周围卫士听得如痴如醉。琴音突然陡地一转，瞬时激昂起来。众人闭目去听，竟在那里面听出了战马嘶嘶，铁蹄踏踏，兵车喋喋。琴音愈走愈急，似乎是两军对垒，厮杀开来。众人心旌慌乱，却又欲罢不能。

猛地一下，琴音嘎然而止，随之一声惊呼！

细瞧，韩王胸前竟早就被刺入一剑！

韩王双手抓着剑柄，拼着最后气力问，你是谁？为何要杀我？

男子哈哈大笑。我是谁，已不重要了。六年前我杀你，是替父报仇，现在，则是替天行道！男子说罢，抽出韩王腹中之剑，往脖颈上只一抹，鲜血四下崩溅！

次日，男子尸体和那柄剑一起被挂在了城楼下。

旁边有一白纸，上书“知此人是谁者，赏金千两”。

数日后，有一老妇跌跌撞撞而来，立住，号啕大哭。儿啊！虽说你变得面目全非，但我只需看这剑一眼，就知道是你。你，终是为你爹报仇啦！

说罢，取剑过来，笑道，没想到，咱一家三口，都死于这柄剑身上。

旁边有人待要阻拦，那剑已直直地刺入老妇胸膛了！

日光毒毒地照着火火的大地。

很远很远处，静静地，站了一个女人，一个男孩。

女人默默地弯了腰，悄悄儿道，孩子，你不是想知道你爹的模样吗？瞧，挂在上面的那个就是。三年前，咱娘俩见到的那个人也是他啊！而且，我现在可以告诉你了，你爹的名字，叫聂政。

为什么爹要那样做？

当年，暴君要你爷爷为他铸剑，你爷爷铸成后怕他滥杀无辜，并没交给他。他把你爷爷杀死了。

女人已是泪眼朦胧！

那，我该找谁报仇？男孩抬了头问。

女人缓缓地直起身子。女人无法回答。

美如昙花

见到那个人的第一眼，我就感觉到了，这辈子，不是我杀了他，就是他讨要了我的命去。

他的眼神很恍惚，像是每时每刻都在考虑一个难以解释的问题。

在那个夜晚，他坐在那里半天没动。我不知道他在等我主动还是他根本对我不起兴趣。我悄然走近他，上天注定了，我，一个十八岁的女孩儿，要和这个看上去可以做我爹的人做一对很不体面的夫妻。

能有什么办法呢？我的美貌，我的歌喉，在这个举目无亲的地方连我父亲的棺木都换不来。眼前这个人是我的恩人，知恩须图报，一切，就这么简单。

他站起来，说，我们睡吧。

我一低头，心底一声叹息。

真的，就这么简单。

没有任何的愉悦，我在同一个影子，或者说是一具躯壳，睡觉。

后来，我反复地考虑，为什么那么多的人把他敬若神明？而且，李逵那个莽汉临死前的那句话才真正好笑，“生时服侍哥哥，死了也只是哥哥部下一个小鬼。”那时，我隐在暗处，叮当而笑。

你们，不知道敬着的是一个躯壳吗？

他根本不是生活在自己的状态中，他靠许许多多的人活着，他大把大把地往外抛银子，给一切可以换来赞誉的对象。人们仰望着他抛洒的银子，说，真是及时雨啊！

是的，除了我，一个女人，竟没有别的人真正认识这个人。

我认识他了，这是我的悲哀。

他不该把张文远扯进我的视线中来的，这个姓张的人的出现直接促使了我对他的反叛，如果说在此前我是一截枯木的话，张文远的出现使得我萌生新绿了。那个家伙丝毫也不掩饰他对我的好感,他的眼神极富挑战性，亦具有磁性。

我轻叹一声。

一个，活生生的，另一个，则是一种幻觉。

那个活生生的小伙子抱了我进入幔帐的时候，那个幻觉彻底地消失了。

也许，他已经知晓了这件令他很恼火的事，也许，他浑然不知。其实，这都无关紧要了，我已经越来越瞧不起他，这个人，连我这么貌似天仙伎艺超群的女人都不愿厮守，甚而说都守不住，他还算是一个男人?

与之相比较，张文远是太优秀了，尤其，对一个女人来说。他“眉清目秀，齿白唇红，更兼品竹调丝，无有不会”，只要是关于女人的事，他都是那么投入。

而我，正值嫩花一朵，蜂蝶围拢来采撷，这能怨得我吗?

要怨，只能怨宋江他自己。

所以，妈妈死拉硬拽他来时，我根本不屑理他。

他坐在那个凳子上，一语不发，看上去更像一截木头。

我用两个指尖夹了一颗樱桃，张开嘴，放在舌尖上，轻轻一咬，那丝美丽像昙花般一闪而过。这个张文远，买来的樱桃倒真的不错。

宋江站起来，向床边走过来。

我扭头向里。

宋江在床沿上坐下，问，睡吧？

我答得干净利落，睡吧，你的家，还问什么？

天还没亮，他就摸索着爬起来，这个人，竟然在那个夜里连碰我也没碰一下！

他走了以后，我点燃了灯，就发现了那封信，那封贼寇们的信。也是后来要了我性命的信。那一刻，我恍然大悟，怪不得啊，他挥金如雨，原来，银子是这么来的！

一股莫名其妙的喜悦升腾而起。

我为自己进一步走进这个人的心理而兴奋。

他果然很快就回来了。

那时，我还没意识到，他回来，是要讨我的命去的。

那时，我已经几乎推翻了当初的预感，这样一个人，他怎么会杀了我呢？他敢杀人吗？他不敢。他连杀鸡的勇气恐怕都没有。

可是，我错了。我不该和他争执，犯不上，把东西还了他，他一气之下，兴许就再也不来了。那样，我和那小张三岂不可以朝夕相守了？

我更不应该说那句提醒他的话，“黑三郎杀人也！”

我那句话，把他从虚幻拉回到现实了，我从来也没见到他那般活生生的样子，他左手揪着我的衣领，右手麻利地抓过那柄刀来，我甚至清晰地听到了那柄刀进入我躯体的声音……

我嘿然而乐。

此刻，也仅此一刻，面前的这个人，才真是宋江。

献 玉

我的平淡无奇的生活在一个阳光明媚的日子被砰地一声打乱了。

当时，我被那个叫卞和的人吓了一跳。那人的样子真好笑，眼睛放着光，双手抖索着，一点儿都不掩饰他的兴奋。实际上，在这树林里头，也没必要掩饰什么。他有点手舞足蹈了。他欢呼了。他可真象个孩子。

我的故事就紧紧地与这个叫卞和的文人捆绑到一起了。他肯定不会想到，接下来我带给他的，是遥遥无期的伤痛。

卞和象所有的文人一样，非常希望自己的才华学识得到帝王的认可。其实，他自己本身就是一块玉，一块隐没在深山的玉。发现我以后，他觉得走出深山的机会来了。

他把我小心翼翼地包起来。

我们要去见第一个可以决定我们命运的人。他叫楚厉王。

这个人给我的印象并不好。他端详我的样子非常外行。幸好，他并不武断。他命令下人叫玉师来。我和卞和在那个时候还没意识到，其实真正决定我们命运的人，是那个玉师。

玉师来了。

和那人目光对接的第一眼，我就觉得这是个小人。他首先眼睛一亮，证明这是个有眼光的人。他瞧出了我的分量。但他的眼珠马上滴溜溜一转。我就意识到,这个人的话,将不利于我们。果然,他笑了。笑得非常有意思。后来有人称这种笑叫做皮笑肉不笑。他说，这不过是一块普通的石头。

我不知他为什么撒谎。或许,他觉得卞和的出现会给他职位造成威胁?他这句谎言给我的发现者,卞和,造成了巨大的损失。他,失去了一个左脚!

接下来的事实证明，卞和失去的不仅仅是一只左脚，还有他做人的尊

严。这件事迅速传开了，人们将幸灾乐祸很明显地写在了脸上。我的主人很失落地瘸拐在人们的目光中。是啊，我现在更愿意称卞和为主人。我从头到尾都存在一个疑问，卞和为什么不愿当我的主人呢？他为什么一定要献给别人呢？

这问题于我来说，是很费解的。人的欲望，是很难揣摩的事。我猜想我的主人，是太想改变自己的命运了。他不甘心这样活着。他在寻找可以改变这一切的时机。

时机来了。

厉王死了。这个国家由一个叫武王的人来管辖。

卞和听到这个消息时，嘴角就见笑容了。卞和把我一层一层剥开来，和我对话。这样的对话我们已进行许多次了，每次他都劝我再忍耐一下。这一次，我看到他的脸上闪闪发亮了。他说了三个字，咱们走！

应该说，起初我是满怀激情的。但见了武王，我就心灰意冷了。武王打量我的目光根本就不屑一顾。这证明他和厉王一样无知。他说，叫玉师来。我的心里就咯噔一下。但愿来的不是那个我不想见到的人。可命运就是这样无情。那个熟悉的玉师走进大殿的那一瞬。我就看到我的主人脸上淌下汗来了。可那时正是隆冬，刚下了一场雪。

这一次，我的主人是爬着回家的。我主人右脚上流下的血染红了洁白的雪地。很扎眼。我的主人连一只脚都没有了！

从趴着到拄着拐杖站起来，于卞和来说，那是段艰难的日子。他现在已经斗志全无，只有和我对视时，他的眼里才偶尔有亮光闪过。但他已经不大肯说话了。话语对于他来说，成了无意义的东西。

我有点可怜他了。说到底，这一切与我有关。

可见，拥有至宝，也不见得是好事啊！

这样的日子过了多久，记不清了。有一天清晨，我突然发现卞和注视我的目光有点怪。他开口说话了。他说出一句莫名其妙的话，成败就在此一举了。我知道，他又要做点什么了。

我突然为他觉得悲哀了。

他可不管我的情绪。他把我带到了一片林子里。起初我以为，他要抛弃我。可后来发现不是那么回事，我们来到了山顶。卞和把我捧在手里，突然放声大哭。

是啊！他太委屈了。他应该发泄一下。

哭声引来了一个人。

当时我不知道那个人是楚文王。当我知道以后，便觉出卞和用心良苦。他知道楚文王要来打猎。可在这时，我却突然有点瞧不起卞和了。

但卞和成功了。楚文王多了一个心眼，他找来另一个玉师。那玉师一见我就惊呼起来，他说，这是块无价之宝啊！于是我被以最快的速度进行了雕琢，我身上开始熠熠发光。所有人看到我时，眼睛都瞪得大大的。

可卞和见到我的时候，他却酣畅淋漓地哭了。

那时，我想问他一句，你得到自己想要的东西了吗？

他一句话都说不出来，只是落泪！

在离他越来越远的时候，我猛地一回头，就发现了卞和的下肢被风儿空空地吹起来。

那一刻，我也想哭。

侠　丐

小镇上，当然有悠闲人。

所谓悠闲，得有资本。穷人们为生计所迫，吃了这顿，惦着下顿，能悠闲得起来？卖烧饼、油条的，甩开膀子叮当打铁的，戴着老花镜，虾弯了腰锔盆锔锅锔碗的，这些人，哪有那份闲工夫？

邬先生有。

邬先生什么都不做。人家靠祖上传下来的家业过活。祖上放过外任，虽不得志，但不至于落魄，置些房地产，攒下些银子。到下一代，于做官不感兴趣，但根子扎得深厚，过起乡绅日子。再到邬先生，继续悠闲。

地里活路，自有人打点。主人家不刻薄，下人也不欺负人。到时令，下人吆喝着马车，送新鲜粮食蔬菜水果来。当然，也有银子，规矩地封着。

邬先生干吗？他打牌，逛戏院子。有时，跟官府的人，坐在酒肆里。邬先生生得佛像，坐在那里，稳如磐石。不说话脸上都带着笑。镇上三教九流，都喜欢他。这绝不错，连翠花楼的姑娘，他都结交。给人家拉京胡，弹弦子，也会抚弄几曲古筝。姑娘坐一旁，或听，或唱。罢了，邬先生拱拱手，告辞。

邬先生不行风流事儿。

邬先生说，那是累人的活儿。

小镇上人来人往，杂七杂八。本地人都觉得怪，邬先生是怎么和那些人一见如故的。远远江南一带客商，回去半年，托人捎上等茶叶，请他品评。

镇上人差不多都认得邬先生。好人一个呵！

这天，打镇东头走来一乞丐。

乞丐一闪现，邬先生的目光，叮当一下，落他脚上。乞丐走道儿，脚尖先着地，轻盈一点，身体就弹簧般跃起。邬先生微微一笑，端起茶碗，拿盖儿一抹，轻抿一口，扭头，面朝肩上搭洁白毛巾的伙计，赞，好茶。

茶馆旁边，是王婆子开的烧饼铺。王婆子雇两个小伙儿，与她一起忙。乞丐立住，两脚叉开，伸出手去。王婆子低身，拿起一个火烧，递过来。乞丐不接，手，仍伸着。王婆子的笑僵住，似乎有了怒气，把火烧扔下。乞丐把手伸向小伙。小伙看王婆子。王婆子哼一声。小伙子拿起火烧递去，那丐才接了，伸向嘴边。

邬先生拿出几枚铜板，往桌上一叠，站起。小伙计弯腰，邬先生，走好。

随后，街上人见邬先生与乞丐并肩走去。边走，边呵呵笑，都不以为奇。

两人一先一后进了宅院，乞丐四下展眼打量，邬先生一声吆喝，看茶！院内有一株古槐，树盖如伞。两人坐树下，爽爽凉意，从心底升起。遂摆了围棋。有槐蚕飒飒而下，打在棋盘上。邬先生棋面上圆滑无比，左右逢源，却是暗中蓄势，步步收紧。那丐出手凌厉，每每行刁钻怪异路数，却都被一一化解。忽然，乞丐右手一抖，一道寒光，飞到树上，一声惨叫，一只麻雀跌落棋盘。邬先生眯了眼去瞧，那雀儿脑壳上，有一血孔，兀自汩汩地流。

乞丐眉心紧锁。

邬先生笑。

邬先生伸出食指中指，捏起麻雀翅膀，轻轻提到一边。

乞丐双手一摊，我输。

邬先生却问，为何那王婆施烧饼给你，你却不接？

女人本来依赖于男人，我堂堂三尺男儿，怎会求她施舍？

这倒也是。邬先生拈须，点头。

乞丐却说棋，为何我总是无路可逃？

邬先生伸出右手食指，点向乞丐胸口。

两人对视一眼，仰天笑。

树上数鸟，哗棱一声，散去。

自此，两人朝夕相处，一并下棋，一并去茶馆，酒肆。渐渐，也去赌场。庄家见邬先生，连道，稀客。乞丐仍是那身行头，丝毫不见卑缩形态。喝得酣畅时，两人手牵手，沿石板路，晃出一道风致。

一日，两人去野外打猎。乞丐动如脱兔。不时，两人肩上，多了几只野兔。不料，却迎面撞见一幕丑剧。镇上首富王掌柜的公子，正戏弄一村妇。

王掌柜经营赌场，生意做大，阔得不行。儿子仗老子有钱，官府背景强大，不免就狂得变形。村妇被他压在身子底下，像只折翅小鸟儿。

邬先生看一眼乞丐，眼里，透出寒光。乞丐却皱眉，看天。半天，扭转身，往前走。邬先生叹息，竟踏步向那恶少而去。正走两步，呼地立住！只见恶少直挺挺躺倒，脑门上，露出一道血孔。邬先生回头，那乞丐立在残阳中，兀自冷笑。

次日傍晚，两人坐在酒楼靠窗位置。几杯酒下肚，乞丐拱手，我原本一身血案，恐累及先生。此处，已无我容身之地，就此告别。

邬先生望窗外。

对面，一排灯笼，红透半边街道。

乞丐站起，往外便走。不料，行走两步，以手抚按腹部，慢慢弯下腰来。身后，邬先生额角，亦有汗珠渗出，伏在桌上，四肢竟也不能动弹。

楼梯口闪出几名官兵，持刀，面带冷笑。

数日后，乞丐和邬先生被一并绑赴镇外。小镇人多年不见杀人，都拢来，远远地瞧。都看到了两人谈笑风生。都看到了刽子手手起刀落。都看到了两股红晕，直蹿半空。

有女人哭声，漾起来。

情丐

凡乞丐，本无名无姓可考，要那些什么用处？难道讨饭到人门上，还要拱拱手，说在下姓甚名谁一类的斯文话？这不闹笑吗？从另一角度讲，这也是乞丐们的可怜处。人活得低贱，名字也丢掉了。

但小镇上有个乞丐，就有字号。此人姓冯，名远，字韶山，自号青龙山居士。他把这一套正儿八经讲给抽贴算命的吴先生听，旁边几个喝茶的，当场就仰天喷出去。要说这乞丐，生得倒多少还有可取之处，五官算是齐整，但堆一张脸上，却委实难让人恭维。吴先生正正老花镜，仔细瞅他老半天，才皱着眉头说，老兄，你这人长得，实在——哎！老先生叹口气，替他遗憾。

时间久了，大伙儿就都知道这乞丐。大老远瞧见，都咋呼，吆呵，青龙山居士啊，久仰。这丐并不生气，也不拱手，胳膊下夹根棍子，笑眯眯地，走过去。

奇人自有奇事儿。这乞丐居然喜欢上人啦！

猜猜他喜欢谁？小镇首富龙掌柜家的千金。

你说这要命不？人家龙掌柜家小姐那身段，那模样，且不说他，小镇上男人哪个不喜欢？龙小姐往大街上一走，不管街上多么嘈杂，霎时就鸦雀无声。她的身影在街上摆一趟，当天，镇上的医生王瘸子就生意兴隆。有眼睛脖子没办法归位的，有只管傻呵呵笑的，有喊心口疼的，等等等等。

青龙山居士病得更奇，他紧随人家美人儿身后，寸步不离。到门口，人家放出狗来，他这才仓皇逃窜。

身后，落一串银铃般的笑。

乞丐迷上龙小姐，这消息生了翅膀，在小镇人嘴巴里飞成笑料。

哈，哈哈。是么？听到的人这么笑，这么反问。

可这的确是真事儿。自打乞丐见龙小姐一面，就不肯再去别人家门上讨饭。人们常见他在落日余辉下，踯躅在龙小姐秀楼后面的小河边。小桥，流水，搭配一个扯得老长的单薄乞丐身影，成当时小镇一景。

女孩子漂亮，不见得就是什么好事。

说话间，厄运也就临头了。有天早晨，龙掌柜门底下塞了一张纸条。开门的小伙计一瞧，蹦起高来，夹着一路响屁，直蹿上房去。当时，龙掌柜正蜷在太师椅子里抽大烟，一见那纸条，立马站起，愣在当地。小伙计眼尖，瞅到龙掌柜的裤脚有水珠淅沥沥滴落下来。

龙小姐被玉皇山土匪给掠走了！土匪的意思很明白，得拿十万块现大洋去换票。否则，人家这次不按江湖规矩办，不撕票，要毁票。

你说龙掌柜能不急？

大洋准备好了，却没人敢去。大伙儿早听说，玉皇山那帮土匪，不是好惹的，说扭谁的脑壳，就跟扭断根黄瓜那么简单。那么水灵的姑娘，落土匪手里，那还有好？明摆着是财色双收。谁敢冒着被扭脑袋的危险上山救人？即使龙掌柜自已，也没那胆量。

老婆哭得眼睛肿泡，龙掌柜无奈之下，悬赏勇夫。条件是，哪个年轻人甘愿上山领他女儿，就等于领回了媳妇。但一连两天，依然没人敢去。

第三天一大早，乞丐来到龙掌柜家门口，哧啦一声把那悬赏揭去了。乞丐头顶冒着热气，似乎经了长途跋涉。龙掌柜起先很高兴，但一看是个乞丐，而且奇丑，顿时泄气。但乞丐言辞恳切，我已经打探到令千金的准确下落。这事由我去做。

救女儿要紧啊，龙掌柜哪还顾得那么多？

于是，乞丐上山。

乞丐天一大早上山，日落西天，回来了。身后，跟着龙小姐。龙小姐完整无损，乞丐的手指却包着，面色蜡黄，一到龙掌柜门口，“扑通”一下跌倒在地。

龙小姐惊呼一声，扑过去抱他。

乞丐醒过来,已是次日黄昏。他发现自己躺在王瘸子的病床上。面前，摆了几块大洋。王瘸子蹒跚过来,眯了眼笑,龙掌柜打发人送来的。这下，你不用做乞丐了。

乞丐呆住。然后，惨然一笑。

稍稍病愈，乞丐拄棍下床，对那些大洋竟然瞧也不瞧，摇摇晃晃，走出门去。王瘸子偎在门口，看看乞丐，再回头看大洋，一脸迷惑。

再过去一天，有人见到了乞丐的尸体。

他把自己悬挂在龙小姐绣楼后面，河边一棵歪脖子柳树上。

细心人发现，乞丐的右手，少了两根手指。

乞丐那张丑脸，面对小姐绣楼，笑得甚是诡秘。

龙掌柜的到底听说了这件事。听说后，嘴角抽搐几下，吩咐小伙计，找张席子，包起来，拉镇外头，埋掉。然后，打了个呵欠，继续抽他的大烟。

可第二天上午，他就没心情抽大烟了。

有人在同一棵柳树的同一根树枝上，看到吊在上面的龙小姐。

龙小姐的笑，依旧是迷人的。

花　丐

花丐不喜欢花，他喜欢女人。

由此，你知道我说的是个男丐。男丐当然也是男人。男人哪有不喜欢女人的？这本不算病。可这发生在一个乞丐身上，就是病了。乞丐哪有资格喜欢女人？

这道理，花丐也懂。甚至，他还为这个吃过亏呢。有一次，他在路边草丛里躺着，远远瞧见一个妇女走来，心里一痒，嘴巴就不争气，哼起小调儿来。此前，他曾多次得逞，羞得人家大姑娘小媳妇红着脸逃走。他却自得其乐，直笑出涎水。可那次他有点失算，遇到了硬茬。那妇女三步两步过来，一弯腰，乞丐居然从她胸口欣赏到了一对大奶，可还没等他回过味儿来，妇人手里已多了一只千层底布鞋。只见她一手持鞋，一手拽过乞丐衣领，噼噼啪啪朝两面脸就扇，嘴里还骂，你个小狗日的，方圆一带去打听一下，哪个敢调戏老娘？

花丐两面脸成了火烧。

街上有人笑问，咋回事呀这是？

人家还嘴硬，小娘们儿，简直太厉害啦，亲个嘴值当得这么狠？

按说，花丐该收敛了。可是，他依旧青山不改。

花丐后来的表现很没出息，很让人恶心。人常说，饱暖思淫欲。乞丐整天流落街头,哪能到这地步？于是他把水准提前了。花丐的表情太露骨，见一个漂亮女人,眼珠儿就不转悠。仿似一根线，另一头拴在女人屁股上，牵着他眼睛走。尽管为此吃些苦头，总算快活了他的眼睛和嘴巴，兴许有时候还能快活一下思想。但真要成就好事，还是欠乏时机的。

然而，时机也并不是没有。

花丐明白得从实际出发，他把底线放到讨一个女乞丐上。这天，小镇上真就出现一个女丐。谁有闲心去推测一个乞丐年龄呢？可花丐却揣摩个大概。花丐想，这女人，顶多也就四十,五官还周正，皮肤也还算白，把脸一洗，再穿上身干净衣服，配自己，绰绰有余啦。于是，主动出击，把自己刚要到手的一个肉包子殷勤奉献。女丐并不推辞，接去，狼吞虎咽。花丐心中窃喜，觉得有门儿。再打量女丐，竟好看了许多呢。

自此，花丐主动担负为女丐乞讨的义务。要来什么好吃的，先拿到女丐面前。女丐竟是来者不拒。有时，莞尔一笑，让花丐心驰神往好半天。再过几天，女丐则直接不上街讨饭，吃现成了。

但花丐每每想做点进一步的举止，却是万万不能。

有天晚上，花丐实在忍耐不住，欲强行了断。谁知道，刚蹭着身子，那女丐噌得一下，掏出把匕首来，冷冷地逼在他的肚子上，我们的花丐顿时出了一身冷汗。

女丐轻笑一声，仍不说话。

女丐自始至终都不说话。似乎是个哑巴。

花丐终没得手，但他锲而不舍，总以为功到自然成。直到有一天，另一个男丐出现。那丐在镇外一露头，女丐脸上就露出微笑来。她站起来，偎在那丐身旁，俩人一左一右，一高一矮，唧唧呱呱走了。

花丐愣了半天，抓起一把茅草，朝俩人消失的方向，狠狠扔去。

嘴里还骂，以为你他娘是七仙女吗?

终有一天，花丐为此品到了苦头，而且，栽得干脆利索。

看来，花丐实在忍不住了。他想到烟雨楼的女人。

那里面的女人，是一个乞丐能消费得起的?

可机会说来就来了。有天傍晚，他边在那楼边转悠，边想入非非，忽然听到一阵女人哭闹，寻声而去，见一女人被一横眉竖眼男子一脚踢出来。女人躺在地上，半天没动弹。后来，一节一节站起来，头发披散着，深一脚，浅一脚，往前走。

乞丐看得痴了，双脚不由自主跟了去。

女人在一堵墙前立住，软软地依向墙壁，眼睛瞧着一街灯笼，幽幽泛光。

花丐犹豫颇久，才鼓足勇气上前搭讪。怎么一个人在这儿?

女人扭头瞧他一眼，下巴慢慢抬起来，你，要干什么?

乞丐却登时乱了阵脚，先前的油嘴滑舌，此时荡然无存。女人笑了。女人笑得很妩媚。那一笑，就把花丐的七魂六魄笑得叮当坠地。女人问，怎么？想玩一玩？可你身上有钱吗？女人抽出最后一只烟，点上，咳嗽好一阵，但终还是悠闲起来，扑哧一口，喷在乞丐脸上。

乞丐开始手忙脚乱，搜索所有口袋，把身上能值点钱的东西都托在了手心，伸到女人面前。女人哼一声，但还是哆嗦着，伸出手，把那些东西划去。

第二天一大早，有人看见花丐一路唱着，从街上走过。

可过了没几天，乞丐就不唱了。乞丐满脸愁容，被医生王瘸子推出门外。王瘸子还对了当街许多人理直气壮地喊，有钱逛窑子，就没钱治病啦？

花丐苍白着脸，虾弯了腰，慢慢走过那个长长的石板路，一下消失。

后来，几个闲人到镇外边一个池塘打水漂。忽然见到浮在水面上的乞丐尸体，露一块白白的肚皮。池塘边上，有一张纸，纸上，是一个女人画像。那纸已经被揉搓得褶褶皱皱。闲人捡起纸来，包一块石头，打那乞丐的肚皮。

噗的一声响。

于是，闲人们一齐笑了。

箫丐

小镇上并不缺乞丐。常见的无非两类，一类系文丐，一手执一个呱啦板,呱哒呱哒敲,嘴里还唱着数来宝。当然也有拉二胡的,一开始给你拉《春江花月夜》，有油滑不给施舍的，就换作了《二泉映月》。另一类动武，手握一根带刺的枣木棍子，朝着自已的头皮嘣就是一家伙，吓得你心跳半天。干脆快打发他走了事。

每个行当都有它自己的道道儿。

这天，小镇上空突地响起悠长的箫声，接着，众人眼前只一晃，就见个瘦长的身影出现在民国十六年的石板路尽头。街上沸沸扬扬卖芝麻烧饼、符离鸡、油炸果子的以及坐在太阳底下挽了袖子下五虎棋的，都缓缓地把头拧过来，迎了日光静静地去瞧。来人可真是瘦出了特色，一袭长衫活像裹在一根竹竿上，平日窄短的街道，竟一下阔朗开来。

大家忍不住要笑了。

那人不笑。

那人专心致志地吹奏一支曲子。

懂音律的人会知道，那曲名唤作《水云深际》。

竹竿儿在吴烧饼的铺子前扎住，并不讲话，依旧在吹。音律清虚淡远，胡同口儿一摇折扇的老者，已闭目，捻须，颔首。满街满街的人都住了手头活儿，扭头来看，侧耳来听。

一曲吹罢，整条街寂然无声！

瘦长之人仍不说话，只是伸出个手指一挑，然后，指指烧饼。吴烧饼方回过神来，赶紧就用纸包一个烧饼递去。来人用手取了，一转身，便朝来时方向晃去，不经意间，又一缕箫声漾起。大家正张了嘴，探了头，瞧着听着，音律却悄然而止。斑驳淋漓的阳光里响起一句词来，“箫声咽，秦娥梦断秦楼月”。

再一晃，哪里就有人的影子了？

街上轰地一声，有人喊一声好。

遂又开始沸沸扬扬。

大家这才明白，那瘦高个儿竟是一乞丐。而且此丐行为举止甚是怪异，每次来，只讨要饭食，不收受银钱，且不贪多，够吃则罢。每次行乞必要吹奏一曲。镇上的人渐渐熟了，乐得听他吹箫。只是，谁也甭想和他搭话，除了吟唱歌词，此丐别无他语。

时光咣当一下就转到了民国十七年冬。

小镇当时十分富庶，惹得几绺子响马都很眼馋。就有一路响马预备攻打小镇。消息传到镇上，登时一片慌乱。虽说镇上组有一帮护卫，可论兵器论作战能力，哪能跟土匪相比？

有钱人家早忙起来，先把钱找稳妥地藏了。家里有水灵姑娘的自然也慌了手脚。据说土匪都是烧杀抢掠，无恶不作。这可怎么好？躲已来不及了呀！

凛凛的风恶恶地旋吹着角角落落的枯叶。

镇上的人和城墙上的护卫都瑟缩着。

土匪说到也就到了。

民国十七年冬天的风吹得土匪们心烦意乱，但由于镇里的诱惑，他们又显得莫名其妙的兴奋。土匪们开始攻城，而且攻得很有章法很有层次当然也很具杀伤力。

眼看就要攻进了！

突然，城墙顶上响起了幽幽箫声！

是的，确确实实是箫声。

土匪们就迟疑了一下，攻击的节奏一下子慢了，竟至于要停下来。箫声突然止住，有柔婉的歌子唱起来，“连年肆掠无归期，血雨腥风几人回？倘若魂洒乱世间，白发爹娘依靠谁？”

枪声停歇下来。风仍硬硬地吹着脸面。

又听唱道“离别骨肉断，弱子盼父归，空房断恩爱，柔肠盼郎回。”

随即，悠扬的箫声又起。

城上城下惟余箫声和风声。

土匪混乱一阵，但马上枪声又起来了。这下子攻势更猛。

箫声变得幽怨起来，宛如冰泉凝咽。却是一刻也未止。

土匪冲过来，就在火光下瞧见了那个瘦骨嶙峋的乞丐。

一个长官模样的土匪恶声恶气骂了一句，奶奶个球！举起匣子枪，砰地一声响。

箫声嘎然而止。

英　雄

遇见他的那个早晨，北海湖畔静得有些吓人。

我总以湖水为镜，来梳妆打扮。爱美之心，人皆有之，匈奴女子也不例外。直起腰来的那一瞬，我感到身上哗啦啦缀满异样。我惊恐地抬头，就见站在数米开外的他，手握一个像鞭子似的东西，头发零乱披散，目光炯炯有神。我很狼狈地逃离那个地方。抓着马鬃跑了许久，依然能感受到那种沉甸甸的目光。我不知道，他就是苏武。

一个汉人。

那时，他四十二岁，被我们的单于幽禁已近两年。单于笑着说，北海边上的公羊能生出小羊，你就能回去。当然，如果他不想放羊，可以投降，和汉人卫律、李陵一样，也会享荣华富贵的。可这个人不肯屈服。他甚至为此拔剑自杀。

许久后的一天，我不知出于什么心态，忐忑不安地走进那人的帐篷。进去的时候，他正在吞咽着什么。我静静地站在那里，瞧着他的背影，呼吸慢慢急促。

他突然回头！我们开始新一轮对视。或许千年，或许只是一瞬。帐外的戈壁滩上传来我们匈奴女子的歌声。北海湖面上，有只白鸟，上下飞旋。我闭着眼睛，那人的呼吸喷溅到我的脸上，暖暖的。他说什么呢，一句也听不懂。

一个匈奴女子，和一个汉人男子，开始了一场酣畅淋漓的战争。

一切静止下来，他却莫名其妙地奔出帐外。我整好衣服，走出来。他脸朝南，直直地跪着。我缓缓地转到他面前。蓦地在他脸上发现泪水。我蹲下来，凑过嘴唇，把他的泪水悄然吻干。我说，让我，陪你战胜孤独。

他抓住我的胳膊。

手指深陷进我的肉里。

我仰着头笑，你抓痛我啦！

于是，他松手。

有时候，我们是愉快的。我们慢慢可以用手势或者简单话语交流。有一天，我指着自己的肚子，对他比画，他脸上立刻露出孩子似的笑容，他蹦跳着出了帐篷，快乐地喊着。但，很快外面便没了动静。我走出来，却见他站在那里，神色凝重。我知道，他又想家了。我还知道，遥远的南方，有另一个女子在遥望北方，整天以泪洗面，等待着他。那，才是他真正的女人。

我生下第二个孩子的时候，我母亲走完她最后的人生历程。她对我一直提心吊胆。单于为什么没有处死我？或许,他想以我来使这个男人屈服。如果他那样，他错了。我跟苏武生活了十七年，非常清楚这个男人的性格。十七年来，那根旌节从来没离开过他的手掌，旌节上的穗子，早被时间磨得一点儿都不剩了。

他没有一天不想离开这里。

在这期间，唯一一个来看他的人，是李陵。他们见面后，苏武背对他良久。苏武说，我不愿见你这懦夫！李陵哭了。李陵说，我祖孙二人拼杀疆场，战功赫赫。我率领五千步卒和匈奴十万铁骑相持一月，粮草断绝，这才被俘。可，武帝杀掉我的全家，就连我年迈的老母也不放过！苏武就在那一瞬转回头。苏武也哭。两个男人那天喝了很多酒。他们踉跄相扶，走出门。他们将尿哗哗啦啦洒在北海里，接着，同时发出野狼一般的吼声。

李陵走的时候，突然回头端详我，我能叫你嫂子吗？

我愣住！我扭头瞧着苏武。苏武也在瞧我。我低头，什么话也没说，脸却热得不行。

李陵笑。李陵说，谢谢你。

一天，李陵兴冲冲地又来了。一看到他那高兴劲儿，就知道，我该和苏武分开啦。李陵果然带来好消息。老单于死了，匈奴分裂为三部，势力大大削弱。无法与汉朝抗衡。此时，南方那个汉民族的首领叫昭帝。昭帝派人来接苏武。

可李陵再次来，却垂头丧气。李陵说，单于告诉他们，你已经死了。

苏武呆若木鸡！

我心里却莫名其妙地兴奋。

我知道这兴奋并不会持续多久。

果然，那天，我站在北海边，看着一队兵士走近我们的帐篷。我浑身哆嗦。那一刻终于还是来了！我疯狂地奔回家，到门口，突然站住！

五十九岁的苏武手握那光秃秃的旌节颤抖在寒冷的风中。在那一刻我突然发现他是如此苍老。我们那样默默地注视着，一如十七年前我们初次相见。苏武的目光复杂无比。我知道他心如刀绞。我多么希望他能说出那句话来，我心里有个声音在低声呼喊，求求你带我们一起走！

苏武没说那句话。

苏武从我的面前缓缓地走过去。他步履蹒跚。在那张脸即将从我面前划过去的时候，猛地转回来。我们四目相对！继而，我们紧紧拥抱。苏武的声音在我耳边更像叹息。苏武说，我，不能。我的精神在那一瞬完全崩溃！

那队人马走在似血的残阳下。最后在地平线上一跳，空空无物。

我站在帐篷前，呆呆地望着远方。左面，是儿子，右边，是女儿。他们同样站在凛冽的风中，袍裾被风吹得索索抖动。很久，儿子问，他为什么不带我们一起走？

我沉默好久，说，因为，他是汉朝的英雄。

卡萨吉马斯的葬礼

我要讲一个故事。三个人的。毕加索——对，就是那个怪异的绘画大师，他的画家好友卡萨吉马斯，还有个女人，吉尔曼尼。

我们知道，毕加索在十三岁时，就对女人颇感兴趣。他真是早熟。其实，哪个男人年轻时对女人不感兴趣？卡萨也是这样的，他竟然暗恋上自己的外甥女！很压抑，很苦闷。那些日子，十九岁的毕加索整天沉湎于酒色，他的画家老爹，对这个儿子简直头痛无比。他那个有点儿积蓄的叔叔，拍着桌子吼，我不会再给你一分钱！因此，毕加索也很郁闷。

当时，有家咖啡馆，叫四只猫。在靠墙的一张桌子边，卡萨跟毕加索一见如故。俩人越聊越投机，不时哈哈大笑。后来，俩人对着脑袋，异口同声问对方："老兄，去巴黎怎么样？"

于是，巴黎，对这俩年轻人敞开了不算温暖的怀抱。

同时，敞开怀抱的，还有街头女郎吉尔曼尼。

这个浪漫的法国女孩，没几天就让卡萨吉马斯陷入情感漩涡。

毕加索总算旁观者清。他提醒道："跟这种女人产生爱情，危险！极度危险！"卡萨烦躁地挥挥手："我知道，知道！可是，毕加索，我现在神经混乱！一看到她跟别的男人在一起，就难受。"毕加索盯住那张菜色的脸，好半天，才轻轻拍拍他肩膀："你完了！你他妈爱上个法国女孩，而且，还是个……"卡萨红着眼，白着牙齿："你再说，再说我拧断你脖子！"

毕加索当然不希望脖子被拧断，同样，也不希望好友的前途断送在巴黎。不久，他死拉硬拽卡萨吉马斯离开巴黎，回老家。

显然，这一招没起到预期效果。

卡萨看上去愈加憔悴。终于，有一天，他抓着头发说："我要回去！"

毕加索注视着他："你，不能！"卡萨吉马斯一脸忧郁："在这里，我的心是死的。"毕加索目送义无反顾的好友，自言自语："爱情，就是毒酒！"

这话很快得到证实。

实际上，毕加索在老家也待不下去。一条大鱼，怎么甘心在小水塘受约束？他去马德里找了份工作，一家前卫期刊的美术总监。有一天，他正在画布上勾勒，突然心慌意乱！画不下去。他嘟囔说："卡萨，你这家伙怎么啦？"

就在那个时刻，巴黎的某幢公寓楼，响起枪声！

回到巴黎的卡萨，发现吉尔曼尼又跟了别的男人。于是，他举起枪，指着女人，语无伦次："好吧，就让这一切结束！"一粒子弹落在女人脚边，地面上出现个洞。他做不到向那女人射击，正如做不到让女人专属他一个人。于是，调转枪口，再次扣动扳机！

这粒子弹，从他的下颌钻进去！

后来，毕加索反复想象，卡萨吉马斯倒地那一瞬，究竟是什么样子？

他一下子变回从前。在小酒馆大喊大叫。一直到深夜，站到门口，张开手胡乱摇着，让路边狐媚的女人跟他回家。不止一次，酒醒后，他快速抓起画笔，奔向画布，要为卡萨吉马斯画点儿什么，但最终颓丧地坐在地上。

"我找不到感觉。找不到！"

他把画笔扔向屋顶！

又一次酒醉中，他听到一声遥远的叹息。卡萨吉马斯皱着眉头，站在床边："毕加索，我们是不是不该来这里？"

第二天，毕加索收拾行李，直奔巴黎。

他找到吉尔曼尼。一间光线很暗的屋子。吉尔曼尼的脸在烟雾缭绕中模糊迷离。她声若游丝："为什么来找我？"毕加索话语低沉："我不是来找你的！"

两个人的战争。

在床上。

吉尔曼尼的指甲进入毕加索的肩膀。她在哭："你为什么来找我？"毕加索沉吟良久："我说过，我不是来找你！"

毕加索没哭。

这一切，好像发生在1900年。要不，就是1901年？毕加索这个名字，后来在整个欧洲，乃至全世界，都被叫得很响，很响。有一天，他步履蹒跚，出现在一个女人面前，说："我叫毕加索。"

那个女人，丑陋不堪的老女人，红红的嘴唇哆嗦着，眼睛一亮。

"毕加索？真的是你！你还是那么潇洒！"

"你勾引男人的手段，倒仍然不坏。"毕加索微笑。

女人羞涩地低下头。然后，声音沙哑："知道吗？毕加索，你唤起了我的爱情。你，还有那画。后来，我不止一次，在漆黑的夜里，突然坐起来，用泪水洗刷我的灵魂。我跟自已说，你是爱他的！你是爱吉马斯的。"

毕加索沉默。他抬头看了一圈简陋的房间。最后，视线落到一张沟壑纵横的脸上。

"你老啦。我也是。我们，都不能提'爱'这个字眼。"

窗口钻进来的光线，跳跃在斑驳的桌面上，那儿有一沓钞票。老女人一动不动，眯着眼睛打量它。好久，她自言自语："你为什么来找我？"

那个叫毕加索的男人，已经悄然离开。

很多年以后。巴黎市立现代美术馆。一个金发美女指着一幅画说："这是画家在生活失意并且在艺术上苦苦寻求突破时所作的作品。整个画面，满含悲伤，以及，忧郁。"

画的下方，立着半圈黑衣人，拥抱，哭泣。地上，躺着身裹白布的卡萨吉马斯。毕加索第一次运用白色，如此醒目。上半部分，却出现几个裸体女人。形态各异。画的名字，叫《卡萨吉马斯的葬礼》。

钓　奇

“我跟姜子牙一样，不是钓鱼，而是在钓江山！”

吕不韦慢悠悠说出这番话。身后的老父手中酒杯一晃，一道酒水沿手背蜿蜒而下，他伸出舌头迅速一舔，醉眼朦胧：“我儿啊，可你不是姜太公，你不过是个商人哪。”

“有时候，金子就是权位。”

那一刻，二十二岁的秦公子异人也醉眼朦胧。他喝多了酒，就抱着脑袋，女人一样呜呜地哭，哪像一个秦王室贵公子？数日前，秦国大将白起领兵，在一个叫长平的地方，一下子就坑杀赵国士卒整整四十五万！一想到这，被秦国送到赵国做人质的异人，就浑身直哆嗦！

吕不韦来请异人去喝两杯。异人没拒绝。

酒入三巡，吕不韦突然问：“想不想做秦国国君？”

异人稍稍一愣，旋即笑得趴到桌子上，笑出眼泪。他指指吕不韦，又指指自己：“我？你说的是我吗？我目前的处境你可知道？”

吕不韦站起来，掰着指头，述说异人的处境：贵为秦太子柱的儿子，却是赵国人质，随时会被咔嚓一下，砍掉脑袋。秦太子柱已立长子子傒为适嗣，而他自始至终宠爱的女人，是华阳夫人，而绝非异人的生母贾姬。更何况，异人同父异母兄弟多达二十余人。

吕不韦却陡转话题：“可我要赌一把！如果赢了，我能赢得什么呢？”

“你会得到秦国半壁江山！”异人脱口而出。

吕不韦背着手，仰面朝天，两眼熠熠发光。

次日，吕不韦亲自为异人送来五百金：“在邯郸花掉它！但你心里要清楚这笔钱该花在哪儿。”

又说："我还为你带一件礼物来。"

吕不韦一拍手。秦公子异人顿觉眼前一派明媚！一个袅袅娜娜、容华绝代的女子，飘然而至。异人细细打量，终于看清是昨夜饮酒时为其助兴的一名歌姬，异人当时老盯着她看。

此刻的异人决想不到，歌姬的肚子里已孕育着历史上赫赫有名的一位帝王——嬴政！

接着，吕不韦满载一车价值五百金的奇珍异玩，直奔秦国。到了国都，又径直去拜见华阳夫人的弟弟阳泉君。阳泉君起初根本不理睬他，只当是一个普通食客而已。阳泉君在喝酒，一边坐一个美女。

吕不韦冷笑："居然还有心情喝酒！"

"先生此话何意？"阳泉君猛地抬头。

"您的荣华富贵全仰仗您的姐姐华阳夫人。可夫人至今无子，太子早已立子傒为适嗣，子傒生母又素与华阳夫人不合，日后一旦子傒继承王位，你姐弟二人，岂不是要大难临头？"

阳泉君面色凝重，好半天，突然吩咐左右："为吕先生备上座。"

数日后"吕先生"空车而还。他顾不得连日疲惫，兴高采烈去了异人府。此时，异人府上已是一派喧闹，王公贵胄络绎不绝。吕不韦直身而入，秦公子异人急忙让至上座。席间，赵姬现身，以歌舞助大家酒兴。舞罢，执壶为大家敬酒，到吕不韦那里，却四目相对，眼波流转。

异人看在眼里，眉头稍稍一皱。

两年后的一天，秦大将王龁率兵，团团围住赵国国都邯郸。赵王一急，就想起异人来，吩咐人："去，把他给我拿来，杀掉！"

不一会儿，有人却回报："公子异人不知去向。"

赵王气急败坏："赶紧去搜！"

异人一听秦兵逼近，早就重金贿赂看守官吏，自己则悄悄混入人群，溜出城外，就连赵姬也没告诉。赵姬咬牙切齿恨恨地骂了一句："这个忘恩负义的家伙！"遂携已经两岁的嬴政躲进吕不韦府。

吕不韦跟赵姬说："你要耐心等待，公子异人必定会来接你。嬴政那孩子，将会是未来的秦国国君！"

说这番话时，俩人正相拥在暖帐内。

得知异人已经安然回国，吕不韦趁热打铁，急匆匆再次赴秦。异人一见到他，很高兴的样子，拉着他的手："来，喝酒，喝酒！"

吕不韦顿足摇头："公子，现在哪是喝酒的时候哇？"

异人一身楚服，在吕不韦和阳泉君陪同下去见华阳夫人。华阳夫人一见到身穿家乡服装的异人，立刻眉开眼笑："哎哟，你们大伙儿瞅瞅，这孩子怎么看都像是我儿子。"自此，异人成为华阳夫人的干儿子。当晚，华阳夫人就在床上给太子柱吹风："我看异人这孩子，最是聪明伶俐，比哪一个都强。"

夫人的话是很管用的。太子柱一激动，就说："我也觉得子傒那孩子有点怯懦。"没过多久，异人被立为适嗣。

公子异人三十二岁那年，他爷爷，执政五十六年之久的秦昭襄王驾崩！他父亲，五十三岁的太子柱，虽重病缠身，可还是颤巍巍地坐上国君宝座，尊为秦孝文王。可在那个座位上，孝文王只坐了三天，第三天晚上，他躺在床上，突然直起身子噗的一声冲帷帐上喷出一口污血！随后一下躺倒，再没醒过来！

有人连滚带爬跑去，将这一消息告诉异人。

异人从睡梦中恍然醒来，愣了好久好久，才回过味来，开始反复嘟囔一句话："这个吕不韦啊！"

等到天亮，太子异人已经是秦庄襄王了。

异人成为秦庄襄王的那一天，在后宫遇到已经十岁的小太子嬴政。两人目光相对的一瞬，庄襄王却感觉心中一凛！嬴政的眼睛里，缥缈着一层烟雾，烟雾后面，却藏着一股寒气，或曰杀气。庄襄王问："你就不对父王说点什么吗？"

嬴政一语不发，转身而去。

当日，吕不韦被封为丞相。

断 情

“记住，你可是我的人。”吕不韦盯着眼前的男子。

“丞相大恩，嫪毐没齿难忘。”男子声音粗重。

吕不韦一皱眉头：“你的声音，不像一个宦官。”

“丞相，我改，我改。”嫪毐的声音立刻变得婉转。

出了丞相府，吕不韦立于廊下，望着远天乌云，思索良久。嫪毐躬身，立于他身后，眼珠儿却滴溜溜乱转。

吕不韦终于叹息一声：“走吧。”

时局已容不得他再作犹豫。

秦庄襄王的帝王生涯，仅仅三年就画上了句号。如吕不韦所说，十三岁的嬴政承位登基，吕不韦遂被号曰“仲父”。秦王年幼，相国辅政，朝中大权自然大部分落入他吕不韦和赵太后之手。吕不韦果然得到了秦国江山。可是，每次与嬴政碰面，吕不韦就忐忑不安。

他在这个羽翼渐丰的孩子眼睛里，也看到了杀气。

为此，吕不韦曾经在两件事情上，对年轻的秦王施加压力。他在朝中散布谣言，发出“以吕易嬴”的信号，为的是把嬴政变成自己真正的儿子。可有一天，赵太后跟他说：“你要适可而止，嬴政一直就认为他骨子里流的是秦人的血。”

另一件，是编纂巨著《吕氏春秋》，并摆于咸阳城门口，称“有能增损一字者，予千金”。其时的文人都知道这是拉文学幌子搞政治阴谋，谁敢去趟浑水？吕不韦扛着那书，去给小帝王嬴政看。嬴政不看书，却看吕不韦的眼：“我只知道丞相会贩马卖骡子，还不知道你会写书呢。”

还有一次，更可怕！从太后那儿出来，冷不丁却见门廊一侧正立着嬴政！吕不韦一口冷气未咽下，嬴政已抽出腰中悬剑，唰地一下刺入身旁一宫人胸口！嘴里还骂："你个不长眼睛的狗东西！"

吕不韦看着那宫人在血泊里蠕动，一道凉气从后背嗖地一下就蹿上来！

是该长眼睛了。

吕不韦决定再赌一把，他要用嫪毐引开太后的视线。再跟赵太后黏在一起，要出大问题的。

果然，赵太后端详着健壮的嫪毐，抿嘴一笑："丞相，你这一手可真够狠的。"

又说："你过来。"

吕不韦正要向前，却发现太后手指嫪毐。嫪毐伏身向前，靠近太后。

"站起来！"

嫪毐就站起来。太后伸出右手食指，悄悄摁一摁他。

"丞相啊，你果真是老了。"

吕不韦走出后宫，半空突然由远及近排起一阵闷雷。吕不韦仰头看天，一道闪电骤然划过，随之咔嚓一声雷响，雨点啪啪地敲击着院子里的大理石面。吕不韦拿鼻子去一吸，有股潮热钻入大脑。吕不韦打了个响亮的喷嚏，忽然，浑身哆嗦起来！他嗅到了夹杂在潮热里的一股血腥味儿。

市井无赖嫪毐仰仗身体优势，就此得宠。

"始皇八年，嫪毐封为长信侯，予之山阳地令毐居之。宫室、车马、衣服、苑囿、驰猎，恣毐。又以河西太原郡更为毐国。"

慢慢的，秦宫内两派势力开始泾渭分明，且水火不容。大臣党的骨干自然是丞相吕不韦，太后党的实力人物不是太后，却是嫪毐，就连魏人都洞悉此间内幕。秦派兵攻魏，魏人打不过，急了，有谋臣出主意说："不如割地去贿赂嫪毐。赵太后就听这人的话。"

赵太后的确太过分，居然跟嫪毐偷偷生下两个儿子，匿于别室！

吕不韦悄悄去见太后，小心翼翼："太后，该收敛一下了。"

又说："嬴政，现在可是一天一天长大啦。"

太后抚摸着正为其捶腿的嫪毐："有件事儿丞相可得弄明白，嬴政是我肚子里的肉。你跟他，可没什么关系。"

吕不韦哑口无言，目光却与嫪毐相撞、纠缠了良久。

太后还说："丞相，听说嫪毐的人被你的人打了，打狗还要看主人的吧？

你把打人的那小子双手切下来，拿来给我瞧瞧。”

吕不韦扭身而出。

一天晚上，秦王嬴政正走向后宫，身后宫人俯身在地：“陛下，今晚您想要谁来侍寝？”嬴政站住，嘴角动了动，又动了动：“选个赵女。”

嬴政盯着榻上一团耀眼的白，慢慢靠近。问：“你是赵人？”

答：“奴婢生于邯郸。”

问：“多大啦？”

答：“奴婢十六岁。”

问：“会跳舞吗？”

答：“奴婢自幼演习舞技。大王如喜欢，当为陛下献舞。”

嬴政不语，赵女半裸着身子翩然起舞。嬴政立于一侧，目光阴狠，却仍不语。赵女跳着跳着，感觉氛围不对，突然一下停住！嬴政一步步靠近，一巴掌将赵女打倒在床上！嬴政压在赵女的身上，说：“你不该是邯郸人。”

又说：“你不该学舞技。”

良久，嬴政的喘息声突然停歇。赵女躺在那儿一动不动，两个眼角，兀自有两颗晶莹的水珠儿欢快地滚落到锦缎上。嬴政看着屋顶，突然大吼：“来人，来人！”

一个宫人连滚带爬进来。嬴政沉吟片刻，说：“去太后那儿，借她一根白绫来！”又说：“记住，要邯郸产的。赐给这个女人。”

赵女闻听此言，呼的一下滚落在地：“大王开恩，饶恕奴婢！”

嬴政哼一声，又转身大吼：“怎么还不去？”

“现在，现在就去吗？”

“狗奴才！我的话你没听清啊？”

赵太后和长信侯嫪毐已进入梦乡。闻听此讯，嫪毐当即吓得尿了一床。赵太后牙齿咬着两面嘴唇，两枚下眼皮索索地跳起来。就在赵女被勒死的那一瞬，丞相吕不韦大呼一声，从床上直坐起来！

吕不韦呼吸急促，浑身大汗淋漓。

除　异

在将母亲赵太后远迁雍县之前，秦王嬴政总共见过她两次面儿。

昌平君、昌文君率军，在咸阳与嫪毐的反叛军大战获胜。嬴政身后跟一队全副武装的将士，来到了后宫。那时，赵太后趴在地上，欲哭无泪，愁肠百转。嬴政走进去，看地上的母亲一眼，一甩袖子："摆酒，我要与母后畅饮一番！"

又举杯面向母亲："当年，咱母子俩在邯郸，整日心惊胆战，无处躲藏，不想会有今日。"遂一饮而尽。

赵太后不说话，牙齿格格作响。

嬴政却不管她："对呀，来人哪，去喊丞相来一起喝。"

不一会儿，吕不韦来了。

吕不韦一进门口，就匍匐在地，爬行近前，瑟缩发抖。

嬴政站起身来，一把抓起他的手："丞相，我跟母后刚说到当年邯郸那些事儿。来，咱们叙叙旧。"

"陛下，臣，不敢。"

"呵，还有你吕不韦不敢做的事儿？"

吕不韦就坐下了。跟赵太后坐在一边。

嬴政坐在另一边："给丞相斟酒！"

过了不一会儿，有人来报："卫尉竭、内史肆、左弋竭、中大夫令齐等二十余名叛贼，均已被斩首、车裂于咸阳街市。"

嬴政呵呵笑："灭其三族！"

又报："叛贼嫪毐目睹斩首车裂，晕过去了。"

嬴政又是一笑："就这份胆量，也敢叛我！晕过去，也要车裂处死！

其舍人、族人，重者处死，轻者罚为鬼薪，迁往蜀中！”

吕不韦和赵太后自始至终都一语不发，脸色苍白。

第二次是不久以后，嬴政突然出现在太后宫内，说还要跟母后喝喝酒叙叙旧，喝了几杯却说：“母后，我差点忘了，吕不韦现在已经不是相国了。”

赵太后“哦”了一声。

嬴政又说：“我还有礼物献给母后。”

冲外面一摆手，两宫人躬身抬过一个布袋来，慢慢打开。赵太后初还惊疑，凑近了一瞧，立刻哎呀一声，跌翻在地！那是她跟嫪毐所生两个儿子的尸体！

赵太后指着嬴政，只连说一个字：“你，你，你……”

嬴政离了席，走过来，慢慢坐到太后身边，抓起她的右手：“母后，你跟嫪毐商量着要哪一个继承朕的王位？来，你指给朕瞧瞧。”

这次，是赵太后晕过去了。

嬴政走出宫殿。远天一抹残阳，艳红似血。嬴政说：“将太后迁往城外雍县旧宫。我不想再看到她。”

又说：“如果谁胆敢为太后求情，杀！”

短短几天，就杀了二十七个。第二十八个，是齐人茅焦。茅焦跟当年的吕不韦一样。他也决定要赌一把。赢了，或许也是一部分江山。输了，那就是脑袋落地，凑够天上二十八星宿。

茅焦去见嬴政，一进门，就双膝着地，曲里拐弯地走。嬴政笑了。周围的人也想笑，却不敢。嬴政问：“礼仪之邦的人，都这么走路吗？”

答：“非也。我这样，是为了延缓陛下杀死我的时间，好叫我把话说完。”

“那就给你时间，你说来听听？”

“陛下车裂假父，有嫉妒之心。囊扑两弟，有不慈之名。迁母萯阳宫，有不孝之行。从蒺藜于荐士，有桀纣之治。臣窃恐秦亡，为陛下危之。”说完，茅焦脱下上衣，闭目受死。

嬴政眨巴一下眼睛，又眨巴一下眼睛，嘿地一声笑：“茅先生穿上衣服吧。待明天，你与朕一起去接回太后。”

后来，有人私下里就问茅焦：“你这人怎这么大胆哪？”

茅焦微笑：“一者，做大事情，要把自己逼到狠处方能成功。二者，我已仔细研究了陛下的心理。”其时，他已经被号为仲父。

嬴政赶往雍县，一下车辇，见赵太后早早地迎在了门口。嬴政跪拜母后，赵太后急忙上前拉起。母子二人四目相对，紧紧相拥。赵太后抽泣得身子一颤，又一颤。嬴政伸开右手五指，轻拍她的肩膀："好了，母后，一切都过去了。"

围观者颇众，皆为此感人一幕而垂泪。

唯有茅焦立于一侧，嘿嘿暗笑：普天之下，将假仁假义演绎得如此酣畅淋漓的，恐怕只有秦王嬴政也！

嬴政倒未必完全假仁假义。

公元前二二八年，秦灭赵，俘获赵王。嬴政很兴奋，亲赴赵国，将当年欺负赵姬之人一一坑杀。接着，从太原上郡快马往回赶，他要把这一消息告诉母后。不料，行至半路，有人快马来报："赵太后驾崩！"

赵太后被嬴政接回后宫，形同软禁，羞愧，苦闷，惶恐，终至郁郁而死。

那时候，已被嬴政左迁河南的吕不韦，既心如枯槁，又如惊弓之鸟。惟有结交新朋，重拾旧友，吟诗作画，郊游论酒而已。关于江山社稷的事儿，半点也不敢沾了。

不料，嬴政心里还是放不下这个人。

突然心血来潮，嬴政就给吕不韦写了封信，连连发问："你对秦国有什么功劳啊？居然被封地河南，食十万户！你本是个赵国商贾，跟秦人有什么亲属关系？却被号为仲父！"

又说："领着你的家人，立马给我滚到蜀中去！"

吕不韦手里捏着那封信，横看一遍，竖看一遍，眼泪就下来了。他喊过妻儿，说："这儿呆不下去了。收拾一下，咱们去蜀中。"

吕妻："蜀中乃荒凉之地，路途遥遥不说，随途还蛮夷多多。恐怕还没到，就死在半道。"

"可在这里，咱们会死得更惨！"吕不韦一张手。

又面向儿子："儿啊，以后要学做生意，千万莫再踏进官场！切记，切记！"

老婆孩子去收拾东西。收拾好了，儿子进来喊他。却见吕不韦伏在桌子上，一动不动。儿子以为他喝多了酒，伸手一晃，却见爹爹"扑通"一下，倒在桌子底下！儿子的视线落在桌子上一个小瓷瓶上，扭身问急速跑来，又一下愣住的母亲："那是什么啊？"

吕妻："鹤顶红。"

第四辑　蓝颜知己

爱情是文学作品永恒的母题。每个人都有自己的爱情观，但在作品中流露出作者直接的爱情价值判断，那就会流于浅层。作者的高明处在于，他不评判，只是展示，只是勾画，把判断、取舍权利充分给了读者。这是一组陷入情感纠缠的男男女女的故事。傩面具可以遮挡住自己的脸，却欺骗不了自己的心；《步非烟》、《鱼玄机》则犀利地触及到了畸恋；几篇取材于网络的作品，则把焦点放在网络对人的冲击。作家对于情感的越位，以及越位之后的人性深处的焦虑，进行了淋漓展示。“无论是描写现实生活还是网络人生，都有着人物命运的不可预测性，因而可读性较强。他的批判意识是显而易见的，无论是生存环境和社会原因对人格的扭曲，还是网络对人性的异化，宗利华都有着清醒的认识。”

青瓷

那面具在客厅的墙上，一进门抬头便撞到。苏明第一次见，啊了一声，从哪里弄来的？别挂在那儿。青瓷灿然一笑，傩戏面具很好玩儿的。苏明嘟囔，真是搞不懂你。

此刻，晨阳透过轻薄纱窗滤进客厅，落在面具下半部分上。青瓷抱着胳膊，端详颇久，然后踮起脚，伸着青葱样的手指，摘下来。柳木做的面具在手里居然是沉重的。颜色倒是有点儿像铁。

拿着面具，站到净手台的镜子前。镜子里的青瓷穿一件粉红丝质长睡衣，栗色长发披散着。她慢慢举起面具，去遮挡那张脸。顿时，青瓷在面具后面深吸一口气。还是青瓷吗？不是青瓷了。不是了。

双手悄然伸到脑后，摆弄一阵儿，面具挂在脸上了。

青瓷现在的脸于是成了“歪老二”。“歪老二”是傩戏丑角面具一种，呲着牙，歪着嘴巴，皱着鼻子，髻上还斜插着一把梳子，腮部深红色。青瓷笑了，身子一抖一抖的，直到镜子里的那个青瓷开始慢慢模糊起来。她双手外分，摁在净手台边沿上。大理石带给她一丝凉气，顺着手心嗖的一下钻进心脏。

青瓷戴着面具，穿客厅，经走廊，进卧室。一路上的风景诡异无比。青花瓷花盆内的竹节海棠，叶片上闪着白色斑点。仿毕加索的油画《亚威农少女》，结实的胳膊，以及乳房。卧室的亚麻布纱窗是字母图案，像一团跳跃的蝌蚪。视线一转，只露一张脸的苏明出现了。

苏明皮肤白得让人心疼。他左嘴角微微上扬，紧皱着眉头。

青瓷的心一下子硬了，面如冰霜。面具是无知的，它遮挡住那股子寒气。面具的嘴歪着，笑出另一种意味。青瓷慢慢拉开窗帘，阳光哗啦一下子淌进来。十二楼的阳光，看上去更像一个少年。她回了身，站到床边，慢慢地解开睡衣的扣子，双手一抖，睡衣便唰地一下坠落，包围了她的脚腕。接着，解开吊带袜的扣子，抬右腿，慢慢地卷下来，抬左腿，重复同样的动作。然后，轻轻脱下内衣，用右手食指尖挑着，看一眼，又一挑，已滑落在地板上。

苏明曾经那么喜欢这番动作。可他现在皱着眉头，睡他自己的觉。即便是不睡觉，那又怎样？他会捧一本书，皱着眉头看，任你在一边表演。

此刻的青瓷，浑身上下，只剩了那张面具。面具看上去很高兴。

青瓷站在床边，双手捂着胸部，就那样打量着睡梦中的苏明。

苏明终于醒来，呼地一下子坐起来，青瓷！

我不是青瓷。你也不是苏明。

青瓷你别闹，吓死我了。

不好玩儿吗？

赶紧摘下来。

可是，苏明，你现在一天到晚都戴着面具，连跟我做爱都不肯摘下来。

青瓷。苏明叫了青瓷的名字。然后揉揉眼睛，看看窗外，又看看四周。青瓷对自己说，我这个样子站在你面前，你为什么不肯看我？

苏明又说了一句，青瓷。

想跟我说什么？

我。苏明又顿住。

青瓷不管他。青瓷说你其实什么都不用说。我都知道。我不知道的只有一点就是，我不知道她在哪个角落里藏着。她也戴着面具，她自己本身就是一张面具。好些日子了你就一直戴着她。你和她一起进入我们的空间，从走进电梯的那一瞬我就能感觉到。你的呼吸是她的呼吸。你开了门面对着我，是她在替你说话。因为那不是你的语气，不是你真实一面。尤其让我难以接受的是，在床上，我们之间的空隙里，她仍然塞在那里。

苏明说，青瓷。

你根本就无法面对我是不是？就连现在戴上面具的我，你也无法面对是不是？苏明我跟你说，我本来以为现在咱俩扯平了，都戴了面具谁会怕谁？可苏明你发现了没有？即便我戴着面具也像是根本没戴，而你，你表面上是没戴，可是你的面具如此坚硬，如此冷漠，如此让人压抑。

你让我怎么办？青瓷。

青瓷哈地一笑，你让我怎么回答？苏明。

苏明说，我知道，我是戴着面具在生活，我也累我真的很累，可我不知道怎么摘下它来。

青瓷的眼泪已经从面具下流到了胸前。她摘下面具，脸上怪异的笑不见了。青瓷俯下身子，捡起内衣，坐在床上开始穿。那个过程苏明一动不动。青瓷穿上一身休闲装，走进客厅，打开壁橱，拿出一个旅行背包，又回到卧室，开始往包里塞衣服。

苏明说，青瓷。

青瓷哧地一声拉上拉链，转回身，绕过床，拿起那个面具，又拉开拉链，把面具塞进去。

苏明声音高了点儿，青瓷！

青瓷走出房间，摁亮电梯口的数字。电梯缓缓打开，青瓷钻进去。走出楼道，阳光很刺眼。青瓷戴上墨镜，急匆匆穿过楼下小花园，走到大门口。门口停着一排出租车，青瓷打开一个车门就钻进去。

司机问，去哪儿？

青瓷说，去南方。

关　索

拿到票，青瓷直接进了候车室，坐在长椅上。对面，坐了一个女人，脸色苍白着。跟她对视一眼，又盯她看了一会儿。青瓷挪开视线。女人旁边，半躺着另一个女孩儿，一个男孩儿的胳膊从她胳膊下绕过来，搂着她。青瓷看了一眼那女孩儿的眼睛，就半天没挪开。青瓷感觉浑身被袭击一下。曾几何时，她也拥有那样的眼神，即便是嘈杂的候车室，那又如何？反正，她的眼睛里只有个苏明就够了。

掏出手机，拇指在屏幕上搓来搓去，又一次跟对面女人对视。终于，摁下一串数字。青瓷说，苏明，我在火车站，还有三十分钟车就要开。扣掉手机，青瓷站起来跑向售票口。她冲着窗口内那张冰冷的脸说，再给我一张票。

已经开始检票了。

青瓷站起来，对面女人也站起来。两个女人都往候车厅门口看了一眼。青瓷对青瓷说，走吧。可就在通过检票口的那一瞬，青瓷猛地回了头，走在前面的女人也站住。苏明跑进来，气喘吁吁。青瓷和那女人的脸上都轻轻一笑，俩人的手都伸进挎包。苏明跑到栅栏口，却愣一下。青瓷把那张票递过去，苏明的眼睛却去打量那个女人。青瓷一哆嗦，扭过头去看。

女人笑了，苏明，真巧啊，好久不见了。

青瓷张了张嘴。青瓷悄声问，苏明，你去不去？苏明接过青瓷手里的票，去。

在站台上，苏明给她们互相介绍，我妻子，青瓷。我朋友，关索。青瓷和关索握了握手。青瓷说，你这名字倒是怪。关索说，等会儿到车上，我给你介绍一下，你就不觉得怪了。你们要去哪儿？青瓷扭过头去，苏明说，青瓷想去看傩戏。关索哎呀一声，是吗！苏明低了头，青瓷瞪着眼睛看关索。关索说，我老家就有傩戏的活化石关索戏。我爷爷，就是个关索戏演员。

青瓷嘟囔，这么巧？去不去啊苏明？

苏明的眼睛看着慢慢进站的列车，你决定吧。

我已经明白你为什么叫关索了。青瓷边走边说。

下了火车，又乘坐三个多小时的汽车，到一座小镇。关索说，要不去我家住吧？家里舒服一些。青瓷看一眼苏明，微笑，你说呢苏明？苏明摆手，你别问我。青瓷面对关索，那就麻烦你的家人了。

关索的家还要乘敞篷车再走一个小时。当晚，青瓷和苏明见到了关索的爷爷。你们来看傩戏？老人很兴奋，整张脸笑成个核桃，现在的后生哪，都不喜欢这个。青瓷掏出包里的面具递过去。老人笑得更开心，满嘴似乎一颗牙也没了，哈，歪老二。丫头，照常理，傩戏面具不能这样子拿出来的。青瓷和苏明对视一眼。老人站起来，说，要先这样。嘴里念念有词，跳着一种奇怪的舞。边说，傩戏的脸儿是要请出来的。人一旦戴上脸儿，就不是人了，面具是什么人就是什么。

关索盯着苏明看了一眼。

青瓷感觉到了。

我领你们去看我做的戏脸儿。老人站起来，领她们到旁边一间草屋。草屋隐在竹林丛中。老人边走边说，戏脸儿用白杨木或者柳木做，做的过程是很神圣的，有固定的仪式。真正的傩戏艺人，戏脸儿就是他自已的脸，那是活的。

进门前，老人立在那里，神情肃穆，喁喁而祝。声音虽细，却好像有股子诡异的穿透力，沁入青瓷的每一根血管。青瓷伸出手，握住苏明的手。

苏明的手冰凉。

青瓷发出一声惊呼！她看到一屋子的傩戏面具。

傩戏的脸儿分好多种，一种英雄脸，秉性耿直的大官大英雄，得戴这个。一种叫道人脸，是那些会巫术的人。你那张歪老二，属于丑角脸儿。还有个分法，叫正神、邪神、世俗人物。

爷爷，人家青瓷大老远跑来是看傩戏的。

老人说，那我就卖卖老，演一段正戏。你们稍等，我去化妆。片刻过后，老人从帷幔后闪出来，却是一身女子打扮。只听他念道，我本是仙锋小姐，名唤崔良玉。人道我——下面开始唱，眉毛弯弯龙戏水，樱桃小口露银牙，收拾打扮多细雅，赛过南海观世音。老人演罢，呵呵一笑，这出戏的名儿叫《霸王抢仙锋》。

青瓷和关索对视一眼。

苏明和关索的爷爷在喝竹筒米酒。青瓷和关索一前一后，出了屋门，进了那片竹林。月光撒进竹林，四周一派静。两人青石板上坐下来，都抬了头看月亮。

青瓷先开了口，我明白了，你就是苏明戴的那张面具。

关索看着竹林深处，其实你一进候车室，我就认出你来了。

青瓷说，我现在反倒不恨苏明了，对你居然也恨不起来。突然轻松了。

关索扭回头，轻松意味着一种远离。

苏明说，他也很累。

关索叹口气，我不该去那个城市。我跟苏明是同学，你知道吗？

这他倒没说。这么说，是我抢了你的？青瓷一笑。

我爷爷曾告诉我说，有些东西，硬抢是抢不来的。

我现在明白为什么苏明不喜欢那个歪老二了。因为，那是丑角脸儿。我不想当丑角了。

不，青瓷。苏明很喜欢。我已经决定，再也不回那座城市了。

我决定来这里，是想寻找一个答案。真是奇怪，咱俩居然能这样说话。本来我设计了好多种对话方式。

所以，苏明选择谁，都不是错。你知道吗？咱们三个人，买了四张火车票。我也为他买了，但我明知道他不会跟我来。我甚至根本没告诉他我要离开那里。关索笑了。我当时的样子真傻，知道他根本不会接我手里那张票，但还是忍不住掏出来，捏在手心里。

苏明出来上厕所，看到青瓷和关索。他已经有了醉意。他问，你俩在说什么？青瓷和关索同时笑着，在说你呢。

苏　明

这一片，就是古书里所说的蜀中。关索指着前方。青瓷哈地一笑，当官的犯了事儿，皇帝一挥手：迁往蜀中！就是这儿了？关索连连点头，对呀！关索脸色红润。说什么呢？这么兴奋。苏明探探头。青瓷说，跟你没关系。

苏明扭回头，看着窗外。妻子和情人也能成这个样子？他对自己说，苏明你真的不懂女人。

我们去见的那个老人，是真正的傩戏艺术家，举手投足之间都是戏。小时候我特别怕他，他故意惹我，一见面都是这样。关索的整个上身都在一节一节动着。青瓷哈哈大笑，关索也前仰后合。

一个跟关索老家差不多的村子。他们走进一个院子，却似乎空无一人。苏明和青瓷站在院子里，看两只小猫追着玩儿。关索轻轻推门，回头冲他俩招手。进屋，一个老人躺在床上。

爷爷，认出我来了吗？关索叫道。

老人嘿嘿一笑，从被窝里伸出两只手，就像关索在车上比划的那样，机器人一样的动。关索扭回头，看，我没说错吧？

老人突然说话了，话一说出来，把青瓷和苏明吓了一跳。老人说，刚才你爷爷跟我说，老东西，关索要去你那里，你要把我宝贝孙女照顾好。她们想看什么，你就给她演什么。

关索嘿嘿地笑，像个小孩子，爷爷，你这是怎么了？老人说，我没什么，做了一辈子的鬼，阎王爷说你早就是鬼了，还来这里干什么？回去！不过，丫头，我没力气给你们跳傩舞了。

午后那段时间，天突然阴下来。苏明他们三个正在一个祠堂内看傩祭表演。他们赶得正巧。有一户人家的老人生病，儿女请来巫师进行傩祭。

三个戴着傩面具的老者，在大厅上跳一种诡异的舞。苏明盯着其中一张面具，青面獠牙，甚是恐怖。三人嘴里念念有词，说了些什么苏明他们根本听不懂。苏明去看青瓷。青瓷的目光里，透着一股清澄。关索呢，抱着胳膊，看得也饶有趣味。

但苏明看不下去，他的耳朵里仿佛灌满各式各样的声音，眼前闪现各式各样的镜像。烟雾缭绕，奇怪的咒语，诡异的舞蹈，面具上那怒睁的双眼，这一切交替飘摇、晃动。苏明呼吸急促，突然抱头呻吟了一声！青瓷和关索一起扭过头来。

苏明说，不行，咱们得赶紧走！

他想起上午老人单独对他讲的一番话，孩子，我不是什么巫师。但有时候，你得相信预感。你是个男子汉，带着关索和你妻子，赶紧离开这里！

可是他们走不了了。

一阵惊天动地的响声突然逼近！厅内诸人大惊失色，三个傩戏演员张着手，向外看的样子，甚是诡秘！苏明感觉脚下的地在晃，祠堂的廊柱在晃，青瓷在晃，关索也在晃。——地面上的一切都在晃！

那一刻，是公元二零零八年五月十二日十四时二十八分零四秒！

后来人们习惯称那个事件为汶川大地震。

青瓷第一个醒过来，发现四周漆黑一片，好半天才明白发生了什么事儿。她瞪大眼睛，哭喊着，苏明，苏明，你在哪儿？没人回答她。她一边喊，一边四处摸索，先摸到自己的背包，哆嗦着手拉开拉链，碰到了那个面具，面具下面是手机。手机发出的光虽弱，但能看清近处的一些东西，苏明就躺在他的身边！

她突然想起来，在昏迷前，苏明在向她跑来。可现在苏明一动不动。青瓷说，苏明，你别吓我！你醒醒啊。她拿着手机沿着苏明的身体照过去，发现一根廊柱正压在苏明的双腿上！

青瓷发出一声哀号！就在这时，她听到关索的声音。关索说，苏明，你在哪里？青瓷扭过头，关索，关索，你怎么样？关索说，青瓷，我还能活动，可我不知道你们在哪里。

青瓷举着手机，找了半天，也没找到。关索说，我看到你手机的亮光了。可能是一堆木头挡住了。

你能过来吗？关索。

我过不去。苏明呢？

就在那时候，苏明突然发出一声呻吟！青瓷惊喜若狂，苏明他醒了！关索舒了一口气，谢天谢地！苏明问，青瓷，你在哪儿？青瓷说，我在这儿。苏明又问，关索呢？关索躺在一根木柱上，突然眼泪就流下来。

苏明昏迷一阵，清醒一阵。青瓷不敢睡，关索也不敢睡。她们都不知道过了多久。青瓷只知道，她的手机慢慢就没电了，现在她们处于真正的黑暗之中，像是在海底。青瓷一边唤着苏明，一边还要喊着关索，只要有回应，她就觉得有了片刻安慰。苏明昏迷了好一段时间，青瓷在那段时间里，一声接一声喊苏明的名字。后来，苏明戴上那张面具，看着四周的漆黑，心里默默为苏明祈祷着。

关索的声音越来越微弱。

关索说，青瓷，你原谅我吧。

青瓷骂她一句，关索，什么时候了还说这种话？我要你活着！

青瓷的声音，其实也很微弱了。到后来，她戴着那个面具，躺在那里，四肢软弱无力。她们根本不知道，她们在黑暗中呆了整整一个星期！直到有一瞬，青瓷和关索都在意识里感觉到，上面突然有了声音！

青瓷和关索都是心内一震！但都已经发不出声音。

下面有人吗？

青瓷以为自己喊了，有人！

关索也以为自己喊了，有人啊！

可其实她们都没发出声音。

上面的声音说，我看，像是没有人了。

就在那一刻，青瓷摘下面具，使出最后气力，敲打着一个横木！

我听到这下面有人！快，快！大家都过来！

许多天后的一个上午，青瓷和关索在一个又一个帐篷内钻来钻去，在一个又一个人群中转来转去，不管碰到什么人，俩人都问同一句话，有没有见过一个叫苏明的男人？

情　人

盛着温牛奶的雕花玻璃杯，立在粉红色的精致的托盘上。看不出何小草脸上有什么表情。她在餐桌旁坐着，用勺子摁住嫩黄的煎鸡蛋，拿叉子去切。何小草嘴唇收了收，看上去，她似乎对闪闪发亮的金属和瓷器切出的声音很满意。

但她自己很清楚，她的心里乱了。何小草这人，行事惯于直奔主题的，而那个李乐，似乎从来不是。何小草一度以为，她会控制住李乐。可现在，她想，恐怕那人是走了。他在别的女人那儿。

——别的女人！不是她小巧玲珑的何小草。

涂口红的时候，何小草鼻尖一蹙，眉头稍皱。何小草看见了几丝让女人恐惧的皱纹。镜子里，她的泛着亮光的手指，悄悄凑近左眼角的危险地带。眉毛挑了一下。

于是，何小草轻声对何小草说，真是老了。

对那个稍显沉重的包，她现在一点儿都不喜欢。高跟鞋踩在地砖上，嗒，嗒，嗒，倒是让人惬意。一个楼上的邻居，据说是精通哲学、社会伦理学的教授，迎面而来，她老远微笑着点头打招呼，并不在意对方清汤寡水的笑。

穿越第二条横着的马路，何小草一扭身，伸手推开路边一家影像店的门。所有玻璃门打开的声音，似乎都那么恐怖。扑面而来一句恶俗透顶的歌儿：“这是对冲动最好的惩罚……”尾音很长，渐拔渐高。何小草想象着那个一点儿也不性感的大男孩仰面向天，正在憋一口气的样子。迎面来的，还有一个小丫头的笑脸。何小草问了句什么，她转身去了。不一会儿，拿来她要的东西。

何小草一层一层打开包装，拇指和中指夹起碟片儿来看。没错儿！是电影版的《情人》。何小草家里就有一张，看过很多次的。那为什么还要买呢？她也在问自己。

不知道。会有用处的吧？

把碟片放进背包，细嫩的手指触到一个玻璃瓶。她低下头，小心翼翼，不想让玻璃瓶歪倒在包里，然后，迅速把手抽回来。

有个电话恰好打进来，女人的声音："我，想见见你。"何小草常用的声音是甜腻、粉沙的："您是谁呀？我们认识吗？"那头说："我，是李乐的妻子。"何小草欢快无比："大姐呀！咱们在哪儿见面？"

现在，"大姐"用一柄小勺子心不在焉地搅动一杯咖啡。手在抖。很粗糙的一双手。何小草微笑。女人上身靠近桌子，压低声音，眼里有了泪花："把他还给我吧，求求你！"何小草微笑。女人继续说："你知道，我们这个家，不能没有他。"何小草继续微笑。

好吧，对话开始了。之前，虽没见过面，但对话以各种形式进行过无数次的。这次变了，更奇怪的一种。一个女人像是在苦苦哀求，另一个女人坐着，一动不动。

何小草却把每句话都接过来。她其实也在一直说个不停。

——你来我这里寻找怜悯吗？

对不起，我不喜欢看女人掉眼泪。真可笑，把他还给你？谁？你要的是李乐吗？如果他是一个避孕套就好了，我马上给你，我还会教你怎么使用！可惜,他不是。何小草看见自己站起来。你怎么不杀了他？你不敢。所以，是李乐一直控制你。而我不一样，我不会让男人控制。我喜欢像一蓬藤蔓那样“哧哧啦啦”缠紧大树。要缠紧！不让他呼吸！让他紧张！让他怕你！你深深捆进他的肢体，你蔓延过的地方，就是一道道深陷的沟壑！我看见我的枝蔓，也钻进你的身体，肆虐地生长。你不堪一击！让我告诉你李乐这种人该怎么对付。你那双手,能拿起刀子吗？何小草迅速掏出那个光盘，压在桌子棱上“咔嚓”一声折成两截，递给女人另一半。你瞧，比刀片差不了多少。去找那个男人，向他的脸划去！不要犹豫！你可以割他身体的任何部位，包括那儿。

“我不想离婚。”女人趴倒，身子一阵抽搐。

——你不敢，还是不忍心？那么，试一下这个。何小草从包里取出玻璃瓶。知道吗？这叫硫酸。浇到人的皮肤上，会有青烟冒出来。我试过，真的试过，你看这里。你会看到青烟的，还会听到很舒服的声音。怎么样？你干吗发抖？女人不该这样子。你不敢，我敢！因此你不是我的对手。李乐也不是。除了我，他绝不可再有别的女人！

实际上，自始至终，何小草一句话也没说。她一直在微笑。推门而出的时候，她才轻声说：“我没拿过你什么呀，大姐。我的东西，从来就是我的。”

何小草走进路边的公共厕所，静静地站到水龙头前，把电影光盘和玻璃瓶拿出来。光盘躺在洁白的大理石面上，梁家辉和他的白皮肤情人背对着。何小草尖着手指，拧开玻璃瓶盖，瓶口稍稍倾斜一点儿，液体就沿一条线下来，落在光盘上。果然，有轻轻的烟浮上来。

“你在干什么呀？”身后，有个女人问。何小草没转身，也没抬头。她欢快地笑着：“你看啊，你看，真的很好玩儿！”

隆胸

1

雨觉得非得有那种体验不可的时候，毅然走进那家美容院。

是的。抽烟啦，酗酒啦，对她来说，已经不顶事儿。压抑几乎无时不来袭击她。必须得挨上那么一刀。算是一次盘点，或者总结。人不能总是沉浸在同一种日子里。她甚至都不打算在手术时采取局部麻醉。真的不需要。你把灼热的烟头摁在手背上，将嫩葱一般的手指伸在打火机喷出的浓焰上。你整个儿都已经麻醉啦，还怜惜局部干吗？

没有一个女人去隆胸，是怀揣这个目的吧？雨居然只想体验一下另一个女人拿刀滑入她肌肤的那一瞬间的感觉。

那女人叫蕾。

一家美容院的主刀。

过去的那段日子，美容院主刀的丈夫却一直间隔不断睡在雨的床上。

真是幸运。她占有了一个专做隆胸手术的女人的丈夫！

那么雨的这一举动，是忏悔吗？应该不。她从没后悔过跟那个男人的交往。一开始，就知道爱上有妇之夫的麻烦。过程起初美得刻骨铭心，越近结尾越是惨不忍睹了。是对那个叫蕾的女人有歉疚？有一点，但也很模糊。她刻意去偷窥过蕾一次。个子不高，头发精短，眼角有细细的皱纹，左嘴角向里凹着，像随时嘲讽什么人。这肯定是个不常进时装店的女人。一举一动，散逸着虚无缥渺的自信。这类女人可悲处也许就在于，男人不管身体还是精神什么时候离开她，她丝毫都不察觉。是为了惩罚自己？是的,这一点兴许会占上风。你的确是该狠狠惩治一下。难道天下男人里头，没一个比那有妇之夫强么？呵，你倒总算清楚了什么叫饮鸩止渴。

2

自从知道那件事情后，蕾不再亲自拿手术刀。这个女人右手出了问题。拿起手术刀或类似工具，就抖个不止。那天她勉强站到手术台前时，手里的刀叮的一声，掉在地上。那个躺着的、对自已胸部正展开无边幻想的女人，呼地一下坐起。像是虎口脱险，气呼呼摔门而去。

她只好坐在一边的椅子上，神态安详或忧郁得像个八十岁的老女人，盯着助手的手术刀，如何慢慢打开女人的隐私。恢复自信的女人出门前，总要站在镜子前面，转过来，转过去。女人抱着胳膊坐在那里，挤出笑来。"效果不错。"轻描淡写。心却被狠绞一下。很疼。很疼。

那个叫雨的女人，究竟比我美在哪里？

蕾拿着一张照片端详良久。你瞧，这个从未谋面的女人。鼻子不够隆起，嘴巴呢，过大，而且，毫无疑问是单眼皮。这些乱七八糟的器官，堆在这张讨厌的脸上，更让人讨厌。相守十年的丈夫究竟看上她什么？这真是个好问题。难道，难道她有一对多么了不起的乳房？

有那么一刻，她坐在椅子上，闭着眼睛，脑子里出现一把刀，在切割什么人的什么部位。她太熟悉这种温暖的手感。也许，在惩治那个叫雨的女人？也许，是自已的男人？当然，说不定，是她自已。她惊讶地睁开眼睛，发现自已的右手心不知何时，已经多了一把手术刀。而且，攥得很紧。可，为什么是别人呢？错误自已也是有一份的。你不够美。你不够好。你的胸部不够坚挺。你拴不住男人的心。所以，你这个傻女人，倒是真该狠挨一刀。

只是，只是你怎么突然抖成这样？蕾在质问自已握刀的手时，玻璃门吱扭响了一下。

那个叫雨的女人走进来。

3

——我想做隆胸手术。

——哦？看来，每个女人都想把自已变得更风骚。——其实，你没必要。你瞧，它们看上去够吸引那些好色男人的。

可我想体验一下。

体验？可笑。你想体验什么？

就是一种感觉。

被刀子割开的感觉，还是，被破坏的感觉？

是您亲自拿刀割开我身体的那种感觉。

我？我倒是真愿意。可是我的手——

不，就你来做——你是很优秀的。

是谁告诉你的？不过，你到这里，真是为了挨一刀？

女人有时候会抽烟，喝酒，甚至吸毒。我想试一试。

哈，有些东西，是不能试的。

你说得对。

那干吗还冒险？

我无法控制自己。

呵，无法控制。可你知道会有危险吗？

我知道。

也许还会弄出人命。

你对每个来做手术的，都说得这么可怕吗？

你当然不一样。因为，你不需要，你已经很性感。

你，不会杀了我的。

是相信我，还是太相信你自己？

——我谁也不信。我在赌。

——其实，那又何必？

我已经下了决心。

你还可以好好考虑一下。也许，一切还来得及。

4

雨静静地躺在床上。她的身上盖着一层洁白的床单。她的眼睛睁得很大。她在望天花板。天花板上其实什么也没有。蕾在另一个房间。静静地戴帽子，穿白大褂。助手在背后，帮她系扣子。她戴上了口罩，又戴上了手套，一只手把另一只手上的手套往里扯了扯。几分钟后，蕾站在雨的床前。雨扭过头来，看蕾的眼睛。对视良久。蕾的右手悄然张开，助手熟练地将一把手术刀递在她掌心。蕾先去打量一下自己的手。似乎抖得不怎么厉害了。

美容院对面的石阶上，坐着一个男人。他在傻笑什么呢？有什么好笑的。

三个人

“能请你喝咖啡吗？”

是一帆发来的。

嘉惠本要回绝，却突然看到手机上的日期：7 月 7 日。中国的情人节啊！

她抬起头，看着窗外。想，苏旭离家出走，刚好一年了。这一年，她反复思索一个问题，他为什么走？苏旭的走，干脆利落，像一滴水，突然蒸发。

“总得有点儿原因吧？你这算什么？一纸离婚协议，轻飘飘地就把多年的感情一笔勾销？”嘉惠两手揪着自己的头发问。

“还是来吧。让我告诉你一直要找的那个答案。”

一帆再次发来信息。嘉惠觉得浑身一震！立即收拾包，向门外走，边走边给一帆打电话。

“你那短信是什么意思？”一落座，嘉惠就问。一帆看着她，犹豫一阵子才说：“半年前，我见到了苏旭。”

“为什么不告诉我？”

“因为，”一帆吞吞吐吐，“他跟一个女人在一起。那女人，怀孕了。”

嘉惠瞪大了眼睛，然后，抖着手，点上一支烟。

“我跟苏旭是好朋友，要不是我亲眼所见，我也不信。”

“你没骗我？”嘉惠盯着一帆的眼睛。

一帆移开了目光：“我本来是想骗你。想让你能不受伤害地忘掉他。可似乎很难。”嘉惠看着窗外，眼里的泪水终于顺着脸颊流下来。

她忽然笑了：“陪我喝点酒吧？”

于是，他们去一家酒吧。谁也没再提那个人的名字。嘉惠时不时地大笑。她喝了很多酒。一帆喝得也不少。俩人跌跌撞撞到了嘉惠楼下。

嘉惠问：“你，想上去吗？”

一帆抬头看了看，说：“等你想好了，给我电话。”

后来，一帆倒是屡次等到嘉惠的电话。但嘉惠似乎从来没想好。嘉惠喝酒的次数越来越频繁。常常是半夜打进电话：“一帆，我又回不去了。”很快，一帆就驾车过去。有一次，嘉惠上不了楼，一帆背她上去。那晚，他没离开，一直坐在客厅的落地窗前。

第二天早上，嘉惠醒了。一出卧室门，愣在那里。半天，才说：“一帆，我知道你喜欢我。可我就是忘不了他。我总感觉他没理由那么做。我做不到把身体给你，心还在他那里。你还是别等我了。”

一帆默然，走到门口，回头笑，依然做一个打电话的动作。

又一年的中国情人节来临。

那天，下起了雨。俩人依旧喝了好多酒。嘉惠说：“陪我淋雨吧？”她提着鞋子，张开双臂，在雨里跑。在一盏路灯下，嘉惠抬起头，看着天空发呆。雨水顺着她的脸淌下来。嘉惠说：“一帆，苏旭第一次向我求爱，也是在这样的雨天。当时，我抬着头，看着雨丝纷纷落下，真的很美。”一帆仰面朝天，沉默着，脸上，不知是雨水，还是泪水。

天还没亮，嘉惠接到个电话，让她赶紧到医院，一帆出事了！嘉惠的手一哆嗦，电话掉在地上。当她赶到医院，一帆已经走了！就像苏旭的离开，没有任何前兆。

他们分手后，一帆又去喝酒。结果，出了交通事故。

嘉惠意外地从交警那里得到一个大信封。里面有一帆写好的一封信，还有一个日记本。

嘉惠先去看那封信，看着，看着，手哆嗦起来：

“嘉惠，原谅我吧！我撒了谎。这封信我写了不知多少遍，也不知什么时候能交给你。我真是为你和苏旭感到高兴。你们一直都深爱着对方。”

苏旭并没走远！

他居然，就住在她们家对面的楼上！

他得了绝症！

嘉惠疯狂地跑到大路边，伸手拦下一辆出租车。

一阵急促的敲门，里面却走出一个老太太。

“租我房子的那个病人？他走了。”

“走了？去哪儿了？”

“不知道。”

嘉惠呆了一般踱进屋子。找到了苏旭曾经躺过的那张床。站在床边，透过窗子，刚好，可以看到她的家。嘉惠一下子坐在床上，号啕大哭。

老太太问：“你是他什么人？”

“我是他妻子，我们就住那儿。”

老太太走过来，递一块毛巾过来。

回到家，嘉惠才拿出那本日记，一打开，却发现那是苏旭的。她呆呆地一页一页翻看日记。

“我这样做，是不是犯了一个错误？可是，我怎么能拖累嘉惠？她还这么年轻，这么漂亮。”

“她怎么没去上班？病了吗？谁来照顾她啊？”嘉惠突然想起，那次躺在床上，有个陌生电话打进好几次，却不说话。

“没想到遇见一帆。我求他去骗嘉惠。他喜欢嘉惠，我早就知道。我把离开的原因告诉了他。这样，他就会放心去照顾嘉惠。我也就安心去迎接死神了。”

“疼得厉害！站不起来。我想，活不了多久了。”

突然，嘉惠呼地一下站起来！

最后一篇日记，却是这样写的：“真奇怪，这几天，身上有劲儿了。去医院检查，医生告诉我，那肿瘤消失了！这么说，我又变成正常人！？我能回去看嘉惠了！可是，一帆怎么办？不，这对他可太残忍！而嘉惠也许已经把我忘掉。我得离开！永远离开他们的视线。”

许多天后的一个下午，嘉惠将一束花放在一帆的墓前，然后，坐下来。

“一帆，你跟苏旭一样，都是傻瓜。”

她在那里坐到太阳即将落山，就要起身的时候，背后好像有人走过来。

越 位

马小却的足球观

马小却想和每一个人谈论足球。

这座城市的女人，也被小资悄然袭击多时。马小却目光所及，无不小资。马小却也想冲着那个目标奋力靠拢，无奈，却总是达不到那种意境。马小却觉得首要问题，是她有了老公。小资女人多半独身。马小却想到这点，很愤恨自己，早早罩住一个老公，没了更多选择余地。而且，傍晚，她手里牵的是女儿露易斯，并不是一团雪球般的宠物狗。还有，小资女人都象鱼一样游弋在城市里的精品店、麦当劳。马小却呢，多数时候，还是老公呀，孩子呀！以及系了围裙，掌勺下厨。

但，这并不防碍马小却喜欢足球。

马小却当然不会告诉老公陈非尘，她看球其实是暗地里喜欢贝克汉姆以及光头小子罗纳尔多。女人看球，多半是冲着那些奔跑在绿茵场上的男人来的，她们喜欢那块状的沉甸甸的肌肉、孔武有力的手臂以及左盘右带的卡通一般的双腿。

这个，当然也不能和陈非尘说。

这会打击他的男子汉信心。

何况，陈非尘根本不喜欢足球。

陈非尘的幸福生活

从哪个角度去观察，陈非尘都是一个现实主义男人。他受儒家思想浸染至深。

陈非尘在一家机关单位上班。他竟然不想当领导。所以，省去了钻营的诸多麻烦事儿。他对自己的身体倒是照料得异常仔细，健康杂志上提到什么东西不利于健康，他绝对照办。因此，他喝少量的酒，从不酗酒。烟，绝对不沾。他的生活很有规律。早晨起来，握着收音机去跑慢步，回来买了豆汁油条提着。晚上七点，准时收看新闻联播，但不看焦点访谈，怕受刺激，一受刺激，血液循环加快，不利于身心健康。

因此，陈非尘不喜欢足球，就顺理成章。他不理解，一个小小的足球怎么会让这么多的人去发疯。而且，陈非尘从媒体上敏感地嗅到一丝异样，他看到足球宝贝后甚至大吃一惊！他觉得这世界有点乱套了。男人踢球，需要那么多的袒胸露乳的宝贝出现在足球场上吗？

陈非尘觉得，金钱、性与暴力和足球结成了亲家。

所以，陈非尘不喜欢足球。

世界杯期间的外遇

在美国队出人意料放倒葡萄牙的那场球开赛之前，马小却钻进这座城市最大的一个影视沙龙。那里，聚集了许多疯狂的球迷，在寻找现场感觉。

马小却坐在那里开始读一本杂志。

马小却读得很激动。

马小却眼睛一亮，她看到一个怪异的观点，一场球赛就是一场性爱。

她脸红了。

沙龙里面男女比例差不了多少，这说明看足球的女性不在少数。而且，女人发出的尖叫，给沙龙带来别样的生机。马小却起初并不叫，但后来终于还是叫了。在美国队三比零领先后，马小却激动得脸色通红。她觉得那句话充满了哲理，一场球赛就是一场性爱，激情、诱惑、悬念，统统都是玫瑰色的。

中场休息给了足球评论家展示个人观点的绝佳机会。马小却和一个大男孩愉快而激动地交流着。大男孩给马小却的印象奇佳，不仅是他的球论高明，还因为他有点象贝克汉姆。

两支球队上下半场各进一枚乌龙球，给这场球赛添加了兴奋剂。美国队以弱胜强，更是爆冷。马小却激动得浑身血液突突地窜，球赛结束很长时间了，仍静不下来。大男孩也很激动。大男孩甚至在终场哨响的时候，把马小却拥抱起来。

我希望每一支弱旅都能赢球。男孩说。

接下来的一切，让马小却始料不及。

马小却梦幻般地随着大男孩来到一个贴满足球明星的房间。他们愉快地谈着，谈着。马小却发现大男孩的眼神异样起来。马小却在大男孩的眼睛里也读出了自己的惶恐与兴奋。

马小却把自己的身体交给大男孩摆布的时候，耳朵里却响起裁判的哨音；边裁手中的旗子高高地举着；马拉多纳带球晃过两名后卫；罗纳尔多左脚一扣，球高高地划起一道内弧线，落点是里瓦尔多，头球，射门!

韩乔生或者黄健翔的声音高涨起来：球进了！

与本文有关的两点补充

一、马小却与陈非尘一九九五年夏天结婚。两人青梅竹马，婚前马拉松式相恋十年之久。所有认识他们的人,都觉得他们是上世纪末最佳配偶。

二、那事情发生后，马小却再也不想看足球。有一天，不喜欢足球的陈非尘竟然问马小却，什么叫越位？老婆。

马小却脸上一红。

马小却无法回答。

步非烟

我是以记者的身份去见那个囚犯的。

每次去那儿，我都不由自主抬起头，先看一眼高墙上面的铁丝网，然后长时间地注视那两扇高高大大的铁门。

进了那间熟悉的屋子，同去的刑警去办理会见手续。我坐在排椅上。旁边站着一个女人，口红很深，涂了浅紫色指甲油，抽带薄荷香味的烟。

我要采访的囚犯，杀死了与其共同生活了七年的女人。

因为，女人有了外遇。

他来了。很熟悉的装束，光头，手铐。我在他对面坐下，掏出录音笔。

“这么说，你是记者？”他首先对我发问。我抬起头，看着他的眼睛。很大，很圆。眼角有皱纹，眼睛里有血丝。带着一个囚犯的表情。

“是啊，你愿意和我聊一会儿吗？”

他的嘴唇一动，眼睛微眯。是的，我看到了他的微笑。“很好。你能不能先回答我一个问题？我估计你能知道答案。这个问题折磨得我一直睡不好觉。”

“你说说看。”这有点儿出乎我的意料。

“你知道步非烟是什么吗？”

我好半天没反应过来。

“步非烟，或者读音相近的三个字，那是什么？我读的书少，小学都没念完。我抽烟，对烟很了解，但我肯定它不是一种烟的牌子。那它究竟是什么？”

我依然在琢磨他是何用意：“你不知道这是一个人的名字？”

他把眼睛瞪大：“人名？我怎么没想到啊！这人是干什么的？”

“她是古代的一个女人。”

“古代的？”他好像嘀咕了一句，“跟我说说这人的事儿，比如她是怎么死的？”他的双手互相搓着，手铐哗啦哗啦响起来。

我的探究欲也被刺激起来。外遇？我相信我找到了一个关键词。是的，外遇。我说：“她被自己的丈夫杀死。”

他张大嘴巴，愣了一下，似乎明白点儿什么，又似乎在沉思。

我继续说：“她丈夫姓武。”

“你等会儿。”他右手食指抬了抬，“难道这个步非烟也有了相好的？”

“你猜得很对。”我点点头。

“他用什么杀了她？”

“我想一下——好像是皮鞭。”

“皮鞭？这一点不一样。那女人临死的时候说过什么或有什么举动？”

我知道，他说的“不一样”是指他用了刀子。“书上好像说，她最后想喝水。喝完之后，就一动不动了。”

“喝水？”他好像有点儿失望，“怎么会要水喝呢？喝水又救不了她的命。”他嘟囔一句，又反问：“她爱那个姓武的吗？”

“你说步非烟吗？我想，她从来就没爱过那个男人。”

“为什么？”

“姓武的跟他的姓一样，是个好武之人，在官府里当差。而步非烟，不但是美女，而且很有文才。放到今天，就是标准的美女作家。他们一开始就错了。也就是说，他们不是一路人。”

“那她为什么还要嫁给他？”

“在古代，讲究父母之命，媒妁之言。”

他皱皱眉头：“可我跟她是自由恋爱。她说过喜欢我，我是真的爱她。你别看我在外头打打杀杀的，回到家，她说什么我都听。”

“你妻子是干什么的？”我小心翼翼地想转移话题。

“她没工作。她想当作家，写了些什么我根本不懂，但我从来就没拦过她。她读书，写东西，还鼓捣一种叫什么博客的玩意儿。”

“所以，她爱上了一个作家？”

“你错了。她被那作家骗了！这个世界上的作家，狗屁本事也没有，就知道甜言蜜语哄骗女人。那小子一见到我，吓得差点尿了裤子。你猜怎么着？他给我跪下了。他说我老婆主动找他！你说这叫什么玩意儿？我就猜不透，她究竟喜欢这人什么？”

“也许她喜欢那种文人式的浪漫。步非烟和她的情人用书信交流，写在纸上、手绢上，五言诗，七言诗。”

“你的意思是我写不出这种破玩意儿？”

“或许，他们可以沟通。”

他沉吟片刻，突然反问：“你以为我无法跟她沟通？我就纳闷儿了，我给她实实在在的日子，她不在乎，却在乎那些狗屁不通的诗？”

我无语。

“那男人后悔吗——那个姓武的？”他问。

“你呢？”我打算反击。

“我一直后悔。我没想到会伤害她，从来就没想过。”他的脸形开始扭曲，眼睛湿润：“我当时问她，你说你缺什么？我能给你的我都给你，你干吗还这样对我？你猜她说什么？她说你什么都不能给我，因为你不懂我。我说你他妈的良心都让狗吃了？我不懂你？我这辈子就你一个女人。你去问问我那帮兄弟，哪个不是吃喝嫖赌样样占全？她居然说，所以你根本就不懂！我就在那时候掏出了刀子，我说老子什么都懂！从小到大，不知多少人说我笨，我最烦的就是别人说我不懂。你不就是比我多认几个字吗？因为这，你就可以背叛我，去跟一个他妈的作家上床？我头脑一热，就一刀捅了过去……”

他突然停住，满脸泪水。

“那么……”我试探着问，“你怎么会对步非烟这个人感兴趣呢？”

“我抱着她，疯一样地往楼下跑。我连续拦了两辆车，狗日的他们都不停！后来，总算停下一辆，我们上了车。我抱着她说，你别吓我！你别丢下我不管。就在那时候，她说，你知道步非烟吗？我说你说什么？她说，是步——非——烟，你这辈子，永远都不会懂。”

他沉默半天，说：“这是她最后一句话。”

鱼玄机

在看守所大门口，我再次看到那个在接待室抽烟的女人。她站在一棵柳树下。戴一副墨镜。看到我出来，居然向我走来。“你不认识我，可我却还记得你。”她说，“有一年的作协年会，咱们坐在一张桌上。”然后她说了一个熟悉的名字。

“啊，我记起来了。”我说，“我看过你写的散文。”

她来看一个朋友，但没有被允许见面。“来好几次了。见不上。但我还是来，就在这外面看看。这样我会觉得，我离她很近。”

“男朋友？”我试探着问。

“不，女友。”

“她出了什么事儿？”

“杀人。”

“哦？”我说，“她是不是杀死了一个女人？”

“看来你也知道这件事儿。”女人淡淡地说。

“对一个记者来说，这座城市太小了。”我微笑。

“如果你有时间，我想跟你聊聊。”她发出了邀请。

半小时后，我俩坐在一家名叫终极地的酒吧角落里。还不到客人密集的时候，很安静，很适合谈话。她要了一杯“往事如烟”。

我说：“我刚刚采访了一个杀死步非烟的男人。”她举着酒杯，看着里面一丝丝细线：“女人外遇？被男人杀了？”

这是个聪明的女人！

“那么，男人呢？男人四处留情，该怎么办？”

我不知怎么回答。

她开始了她的叙述："我那朋友叫小嘉。十年前就认识。无话不谈。好多人以为我俩同性恋。直到小嘉爱上那个男人。女人只要心里有了男人，别的一切就可以全部抛弃。"

"女人不会给自己留后路？"

"完全变成个傻子。我警告过她，可不听啊！我没法告诉她，那个男人在泡她之前，一直想把我勾引上床。"

她喝了一口酒。我还没看见哪个女人喝完一口酒后，会如此陶醉。她闭上眼睛，似乎在欣赏酒精在她四肢内游走的样子。

"那是五年前的事儿。她完全陷进去。可四年前那个男人就像扔抹布一样，把她处理了。有天晚上，收到她短信，就一句话，这个世界其实还是挺好的。我立刻意识到要出事。我发疯地开车去她住处，使劲敲门也敲不开。我打了110。警察来了。我们一起冲进去。她整个人泡在一摊红色之中。"

我看着她，不说话。

"我是不是很神经质？你喜欢听吗？"她突然不好意思起来。

"记者对一切都感兴趣。"

"她活过来了。我整天跟她在一起。她完全变成另一个人。她好像在一瞬之间，把这个世界都看透了。她跟我说，姐，我死过一次，什么都不在乎了。我想也是，这个世界上没几个人有勇气去死一次。"

她突然回头甩了一个响指，酒保迈着轻轻的步子走过来。"再来一杯。"说完，她点上一支烟。

"我们又过了一段快乐的生活。有好几次我们就睡在一起。有天晚上，发生了一件事儿。"她突然看着旁边的一个角落，似乎犹豫不定。

"你对小嘉做了什么，还是，她对你？"

她迅速扭过头："你这人反应很快。是我对她。我抚摸了她。"

"对我来说，你也像是个谜。"

"我对男人向来不感兴趣。不，咱们不谈我。"她摆摆手，"小嘉当时看上去很惊慌。她迅速穿上衣服。我坐在床上，点上一支烟，笑着说，小嘉，我吓着你了？她没说什么就走了。我呆愣了半天，然后哭起来。"

我暗叹一声，举起了酒杯。

"从那以后，我很长时间没看见她。她躲着我。后来我惊讶地听说，她开始泡网，进酒吧，舞厅，目的只有一个，把能够入眼的男孩子带回家。"

“这让我想起古代一个可怜的女子。”

“鱼玄机？”

我点点头。

“是啊，她就是现代版的鱼玄机。我以为这个傻丫头不会再陷入恋爱。可有一天她给我一条短信。说，姐，我找到避风港了，我要结婚。我当时的感觉，就是恐惧！我的手都开始哆嗦。你知道吗？小嘉是我的另一半生命。”

“结果，她再一次被伤害？”

“这个世界上，每天都在上演这种事情。就那天晚上，我用烟头在这儿烧了两个洞。”她伸过左手，给我看那手背上的两个疤痕。

“很久以后的一个晚上，接到她电话。说，姐，我杀了人。她的语气，就像是不小心踩死了一只蚂蚁。我说，你在哪儿，告诉我，你在哪儿？她哭了。她说，我不知道。然后，就挂了电话。我再也没打通她的电话。我开着车，在这座城市的大街小巷四处跑。我看到一辆警车从一条胡同里出来，我就跟着它。我看到了小嘉。她就坐在里面。我下了车，看到小嘉已经被警察带着往屋子里走，我喊了一声，小嘉！她回过头来，看着我……”

她紧闭双眼，满脸都是泪水。

我递过一张纸巾过去。

小嘉杀人的过程我已经知道，那个即将与她结婚的男人，正和另一个姑娘在一家歌厅唱歌。小嘉推门而入。她慢慢走近正在唱歌的女人。男人惊慌失措，坐在沙发上。女人突然意识到发生了什么事，拿着话筒站着。小嘉突然靠近，谁也没看清，刀子是怎样进入那个女人身体的。

离开终极地时，那女人似乎已经进入醉酒状态。

“为什么跟我说这些呢？”我问她。

“我就要离开这儿，不会再回来了。离开前，我得找个人，把它痛痛快快地说出来。”

蓝颜知己

我们这叫什么？——蓝颜知己。

想起与卷帘人的对话，脆雪儿抿着嘴笑。

昨晚，两人又在聊天室进行了一次绝妙配合。QQ上，卷帘人提议，进聊天室疯一次？脆雪儿顿时兴致高涨，用什么名字？卷帘人说，默契一下。然后屏幕上同时出现两个绕口令似的名字——西瓜西瓜寻找芝麻，芝麻芝麻寻找西瓜。

聊天室里，尽是熟悉网友。两人一去，满堂皆笑，都在猜测，谁是西瓜，谁是芝麻。他俩却逮住谁晕谁，搞得几个老网虫都找不到北。最后，斑竹狂怒，提着俩人衣领，两脚踢出聊天儿室。

两人对着屏幕，笑得肚子痛。接着，就出现了上面的对话。

卷帘人回答完，脆雪儿思谋良久，叹口气，但愿能够保持这种感觉。

网络真是块栖息灵魂的好地方啊，脆雪儿想。在现实中，要做蓝颜知己，谈何容易？是谁提出蓝颜知己这个词的呢？多么富有想像力，只可意会不可言传。蓝颜红颜，界限何其模糊？甚至，她断言，除却网络，现实生活中，根本不可能会有。不是没有生存的土壤，而是缺乏阳光，雨水。仅是长舌妇的唾沫，也足以将其淹没的。

好朋友项北不就是个例子吗？那时，两人也似乎经历这样一段时期。是典型的情人与老公之外的异性密友。可有一天，她发现，项北注视她的眼神，大有异样。项北啜着咖啡，悄声说，雪儿，我发现我已经爱上你了。

她的搅动咖啡的手就此停住。然后，淡淡回答，你越位了。

再后，项北那铁桶式的老婆寻上门，让项北当着两个女人，回答那个非常经典也非常俗套的问题，到底喜欢她，还是喜欢我？可怜的项北居然

还微笑。最后，他终是搂住老婆肥硕的脖子，无限温柔，当然是你啦。

当时，脆雪儿笑得花枝乱颤，差点笑出泪花。

脆雪儿有老公，而且，相当体贴人的那种。可不知从何时起，两个人都感觉缺了些什么。下班回家，老公按惯例会主动系起围裙下厨。有时，脆雪儿斜倚门框，抱着胳膊，打量无限欢快地掂着炒菜锅的老公，暗自叹气。吃罢饭，老公照例捧一本书，坐那里半天不动。脆雪儿握着遥控器，搜索化妆品广告、言情泡沫剧。整个晚上，手指一直在摁，最后，发现什么也没看成，就感觉，这日子过得，实在是淡了。

脆雪儿受女友的鼓动钻进网络，一开始怀揣旁观者目光，一旦融入了，却又发现网络的妙处，不能自拔。尤其，遇到卷帘人，聊过几次，几乎无话不谈。

一个冬日夜晚，天空飘起雪花，簌簌打落下来。卷帘人突然邀请，一起去看雪好吗？这是个大胆的邀请。脆雪儿怦然心动。尽管，脆雪儿曾信誓旦旦，决不同卷帘人见面。但这个邀请，实在诱人。

她悄悄来到卧室，老公的鼾声非常富有张力。于是，她蹑手蹑脚出了房门，轻巧地下楼，一出楼门口，便跑起来。一辆出租车停在大门口，她毫不犹豫地钻进去。心跳得厉害，甚至没有转过脸来，盯看旁边的卷帘人。车子行驶在雪幕里，来到城郊。两个人跳下车，站在路灯下。脆雪儿这才去打量卷帘人，有起伏的一张脸，黑头发长长。卷帘人抬起头，快看啊，雪儿。脆雪儿也抬头，惊讶地叫起来。雪纷纷地落下，给人感觉像自己在往天上飞。脆雪儿伸出双手，于是便张开了翅膀。

回到家的时候，脆雪儿感觉身上湿透。躺进被窝，老公翻一个身，似在梦呓，你身上好凉。从那时起，他们开始频频见面。可事情奇怪得很，见了面，反倒没有在网上聊得愉快。

最后一次，是在一个灯光昏暗的酒吧单间。喝过酒的卷帘人，神采飞扬，长头发在舒缓的音乐里，轻轻甩动。他们谈村上春树，谈张艺谋，谈苏格兰风格的音乐，甚至，还谈到木子美。脆雪儿眼睛里闪着光芒，脸色红润。卷帘人突然停住话头，盯了脆雪儿看。

我们做爱吧。他轻飘飘地说。然后，影子似的走来，把手搭上脆雪儿的肩膀，俯下身，默默寻找脆雪儿的嘴唇。一双手，却并不停歇，一路向前滑行。

脆雪儿起初闭着眼睛，但当那团黑发覆盖下来，那热热的唇即将触及她时，她浑身的血液，忽地一下子冷却下来。脆雪儿挥手站起来，推开房门，向外奔跑。

第二天下午，脆雪儿瞧着在厨房里忙活的老公，悄然走过去，把双手绕过老公的腋下，环绕过去。脆雪儿轻轻地说，我也想试一下围裙系在身上的感觉。

女色时代

叶晓蒙把自己的网站命名为“女色时代”。而且，首页上，她响亮地提出口号，或者说宣言，她说，作为女人，应该意识到，这个世界，已不再是男权大一统思想时代。女人为此抗争了许多年，早就应该旗帜鲜明踏上历史舞台。女色，不仅是要在口号上对男权思想进行颠覆，而且，行动上也要大刀阔斧，全方位渗透。

她号召进入网站的所有女人，学会鉴赏男人，品评男人，同时还要具备吸引男人的各种手段，比如，她鼓励每一个女网友，一定熟练掌握发送手机短信技巧，内容嘛，当然是荤段子。其色彩浓度，要比男人之间传的，有过之而无不及。

叶晓蒙明明白白表示，网站欢迎男人加入，但你首先应该考虑的是，你的胆量问题。

得知这一消息，我惊诧不已。

我想，每一个男人，都不会无视这种非凡的吸引力。

我偷偷进入那个网站，注册的名字，非常女性化。我得承认，我这人缺乏足够的胆量。尽管走在大街上，我常常会打量擦肩而过，或迎面而来的美女，而且，目光随着她一直走。但是，一想到，会有无数个女人以品评的眼光打量自己，心里还是发毛。

漫游在那个网站的过程，我有种感觉，自己象是被一件一件剥光了衣服，赤裸裸地行走在女人的目光里。有时候，也会突然意识到，其实，男人何尝不是一贯拿这种眼神打量女人的？

但这个网站上，最能体现女性力量的，不是她们从穿着打扮、体貌形态上分析男人，而是她们直接刺入男人的思想，拿着手术刀，解剖男人的灵魂。

让我们觉得可悲的结论是，男人的思想，整体上呈现萎缩状态。与这种状态同步进行的，却是男人花心。男人花心牵出另一句话，现代男人靠不住。反弹琵琶，既如此，臭男人为什么一定要求女人靠得住？换言之，女人何必为男人守身如玉？

我是抹着满头冷汗，跌跌撞撞走出来的。

心道，这个叶晓蒙，到底是何方尤物？

过了不久，我有幸在电视屏幕上认识到她。

在我们这座北方城市，叶晓蒙成为新闻人物，太不足为奇啦。她很快被请进电视台直播间，一同去的，还有三位美眉，个个飘着五颜六色的长发，酥胸白臂。叶晓蒙坐在我们那位获金话筒奖的美女主持面前，流光溢彩。一时间，直播间所有女人，似乎都成了绿叶。

叶晓蒙的直言不讳，让我接受到关于她的以下信息：八十年代初出生，毕业于某师范学院艺术系，做过服装设计、电视栏目策划、酒店领班、流浪诗人，现为自由撰稿人，自称新生代美女作家。初恋发生在初中一年级，初三时与第三任男友发生性行为。自此频频与不同男友约会。其婚姻观，取消结婚离婚制，代之以律师介入的私人协议。

叶晓蒙这名字迅速家喻户晓。

女色时代网站点击率骤然上升，频频出现堵车现象，几度瘫痪。

从一个熟悉叶晓蒙的朋友那里获悉，叶晓蒙现在随身携带四部手机——脖子上就挂着两个，经常同时响起。打进来的，大多是男人。所有男人，都渴望能认识她。

艳福不浅啊！朋友说。

叶晓蒙说过的每句话，也迅速在男人圈子里传开。尽管，她的观点大多数时候伴随着理性的思考，出现在各大媒体上。但是，男人们不约而同传着的，却是一句很通俗易懂的话，男人可以不负责任地玩女人，那么，为什么我们不能玩男人？

很符合物理学原理，力的作用，是相互的。

发生在叶晓蒙身上最惊心动魄的事儿，是网站建立后第二年秋天。

那是个寒风萧瑟的下午。

叶晓蒙驾着她刚刚购买的轿车，走在乡下一段偏僻道路上，突然，车前出现几个横眉冷对的女人。

女人们显然有备而来。

她们把叶晓蒙从车里揪出来，并不说话，就开始拳打脚踢。叶晓蒙被打翻在地，双手紧紧护脸。

其中一个女人，恶狠狠发出一句经典国骂，接着说，瞧瞧，她还想要脸呢！

几个女人于是迅速达成共识，杂七杂八的手指，或者兵器，划向叶晓蒙的脸。叶晓蒙拼命挣扎，但是，她的双手双脚都被人按住，甚至，有人手脚麻利地撕扯开她的裤子。

叶晓蒙感到脸上和下身火辣辣的疼，似乎是被刀子，或者锥子，酣畅淋漓划来划去！

这是一起并不考验警察智商的案子，很快告破。女人们的犯罪动机根本没有悬念，那几个女人的老公，都被叶晓蒙迷得不行了。

从此，再也没有人亲眼见过叶晓蒙。见过的，也仅是在女色时代网站关闭时，叶晓蒙贴出的一张照片。

我盯看着那张照片，发出一声尖叫！

天哪！那已经根本不能算是一张脸啦！

照片下面，有一行字：没想到，毁了我的，竟是女人。

我是一条鱼

美朵一开始上网时心态非常平稳。她早就听说在网络上遭遇爱情是虚幻如梦的，便根本不去关注聊天室之类。她上网纯粹是为了消遣。有时她会把自己的一些散文诗歌贴在一个文学论坛上,静静地等待跟贴。说到底，已经三十多岁的美朵并不缺钱，情感上也说不上太空虚。除了没有太多时间陪她，老公似乎再没别的毛病了。

那个大漠孤影是悄然出现的。

他几乎在美朵每篇稿子出现后都跟贴。美朵起初并不在意，只觉得好笑。隔三叉五也会在他的后面复贴。但只要她回了，那个影子马上就会出现。时间久了,美朵渐渐意识到,他的回贴是刻意的,精心设计的了。而且，那些观点看上去非常成熟老道。

那天，美朵在不经意间点开一个页面时，砰然心动!

大漠孤影发出邀请，为什么不去竹林诗语坐坐呢?

对于去不去那个聊天室，美朵是颇费一番思索的。后来她觉得自己的想法很好笑。那不过只是一个普通的邀请而已，也不是多么恐怖的事儿。她终于还是精心注册，走进那个叫竹林诗语的地方。

一进去，大漠孤影马上就迎上来。这让美朵感到很激动。她以为那个影子是在孤独地等待自己。后来的一天她才突然发现，那人其实是这个聊天室的版主。可在那时，她已经觉得离不开那个影子了。

大漠孤影对美朵到来表现了极大的热情，向聊天室所有人介绍美朵。当即有人对大漠孤影发出古怪的神情和话语。美朵静静地端详着聊天室的每一个人稀奇古怪的名字，有的仅是一些数字或者符号。美朵觉得这是一个非常清澄的地方,互不相识,却似乎又都是熟人。像蒙面舞会一般刺激。

大漠孤影把整个晚上的时间都给了美朵，尽管有许多人来和他打招呼。最后，他建议美朵采取密谈的方式，美朵这才知道，在这个热闹的大厅里也还是有私人空间的。直到美朵不经意地瞥了一眼屏幕右下角的时间，才惊呼起来，竟已是凌晨两点多！

那次谈话过后，美朵一直在刻意约束自己不要再进那个地方。美朵对那种神秘的吸引力有种恐惧。美朵的态度显然急坏了那个影子，他在美朵的贴子后面展开猛烈的进攻。谁都能清清楚楚地看出，那个影子对美朵产生了极大的兴趣。

美朵也觉得非常奇怪，自己是怎么重又回到那个聊天室的。但她明白，一旦回去，就再也别想控制住自己。美朵陷进一种虚幻却充满激情的状态里去。那感觉仿佛一下年轻十岁。她和那个影子的谈话内容已经无限扩大。直到有一天，影子发过一条信息，做了一个亲她脸颊的动作，并说，我爱你。

美朵在那一刻竟浑身颤栗！

他们很快就相约见面。

接下来的一切发展让美朵感到吃惊和不可思议。当那个影子从她洁白的躯体上缓缓退下来时，她才真正感觉到，那的确是个影子。因为，那个时刻她甚至还不知道他的真实姓名。

美朵还没有想到，她所认为清澄的聊天室，竟是个非常透明的地方。那里面许许多多的男女都像鱼一样精明地游着，互相之间了如指掌。在美朵和大漠发生那事的第二天，美朵一进聊天室，马上有陌生人迎来，祝贺她成功被大漠孤影捕获。

美朵还逐渐了解到，那个影子对聊天室许多女人都关怀备至。美朵现在的伤心大多都是针对自己的。她难以饶恕自己，她不明白在生活中处世精明的自己，在网络中却像一个白痴。

美朵象是在海水里被呛了水满身疲惫地上了岸。有一段时期，她逼迫自己不去靠近电脑。她觉得恶心。但那是很短暂的一个时期，实际上，她很快又跳回海水之中。她在那水里也很畅快地游起来，她学会了运用计谋在聊天室晕人，根据自己掌握的每个人的信息把聊天室搅得一团乱麻，用自己成熟女人的魅力把几个小男生摆弄得魂不守舍，互相猜疑。

有一天，大漠孤影终于郁郁地过来说，我忽视了你的能力。

美朵敲击着键盘，发出一条信息，你以为你是谁呀?

然后，扭头走了。

有天晚上，对她一直忠心耿耿的老公，突然在她的动作之中发现了陌生感。老公问，你怎么了，美朵?

美朵的泪就在那一瞬流出来了。

美朵在老公的胳膊上狠狠地咬了一口。

美朵说了一句莫名其妙的话，我也是一条鱼了。

挥洒沉重的拷问之鞭

——宗利华小小说创作论

黄健丹 刘天平

宗利华作为一名公安人员，他除了热爱自己的公安工作外还热衷于文学创作。宗利华以《越位》为代表的10篇作品，获得2003-2004年度小小说“第二届中国小小说金麻雀奖”，并于2003年被《小小说选刊》、《百花园》杂志社评为“全国小小说十大新闻人物”。他现已出版小小说作品集《越位》、《皮影王》两部。

一、富有特色的创作技巧

作为一名小小说文体执着追求者，宗利华一直都散发着迷人的书生意气，他的作品是他生活积淀、文学修养的展露和体现，阅读宗利华的小小说，总能让人感觉到“多变”、“新颖”和“沉重”。笔者认为，要具体地把握宗利华小小说的创作特点，可以从题材的多样性、写作的创新性和内涵的批判性三个方面来进行研讨。

题材的多样性。宗利华认为一个小小说作家应当是博采众长的“杂家”，无论是书本、音乐、舞蹈、绘画、电影、雕塑、建筑等等都应该涉猎。第二届中国小小说金麻雀奖的评审意见上也提到：他的作品节奏快捷，变化多端，无论是描写现实生活还是网络人生，都有着人物命运的不可预测性，因而可读性较强。由此可见，宗利华作品的较强可读性与其创作题材的多样化密不可分。例如历史人物、虚拟网络、农村风俗、都市情感生活、甚至黑社会都被他写进小小说里面，并给人一种多样而丰富的感觉，代表作品有《李斯》、《我是一条鱼》、《床》、《设计一座茅草屋》、《浪迹江湖三题》等。

写作的创新性。宗利华认为一个小小说作家还应当具有冒险精神，寻求新的表达方式和新的领域，在吸收传统营养的基础上输入新精神、新鲜元素。他也曾经说到：我一直在求变，体裁变，手法变，结构变，语言变；也可谓之求新，在意象上尽可进行大能量的挖掘，让其膨胀，求其深度。而这种求变求新的冒险精神着重体现在他常常对一些传统的老题材勇敢地进行有创意的探索，并对叙事角度和叙事手段等方面进行技巧性的创新。确实，写作需要一种义无反顾的创新精神，而这种精神又恰好被宗利华高度地进行了内化，然后写出了许多的精佳作。

内涵的批判性。在宗利华每一篇小小说作品的核心思想当中，无论是赞美还是否定，无论是愉悦还是悲痛，无论是激越还是沉稳，这文字底下都有着他对现实的独特认识，都有着他内心深处隐含的批判之声！这批判又是显而易见的，或是生存环境和社会原因对人格的扭曲，或是网络对人性的异化，宗利华都有着清醒的认识。

题材的多样源于宗利华对五彩缤纷社会生活的深刻认识，写作的创新又源于他那义无反顾的求变勇气，然而宗利华作品当中所蕴含的深刻批判性才是他创作的真正目的和归宿。宗利华善于在自己的作品当中融入不同角度的人性批判，然后进行一次次关于人之所以为人的赤裸裸的拷问。下面，笔者将从四个方面来探讨宗利华在其小小说创作中对人性进行拷问的方式。

二、设置各种生活情境的人性拷问

成功的小小说作家不仅懂得从社会生活中寻找不竭的创作题材，还懂得通过作品来表达自己的感受，以此唤起读者的共鸣。宗利华的作品中充斥着他的疑问、愤恨、无奈，而他又常常把这些疑问、愤恨、无奈化作一场人性的拷问。金麻雀奖评审专家的评审意见中提到的：他善于在情节推进的过程中，把人物置于紧张和矛盾之中，碰撞出人性的火花。这人性的火花正是燃于一次次严酷的心灵拷问，而紧握起这沉甸甸拷问之鞭的正是宗利华这个洋溢着刚强之气、侠义本色的硬汉子！

把人置于美的毁灭中进行拷问。美能够使我们得到愉悦、欢快，但宗利华习惯在沉静中呐喊，他懂得欣赏和珍惜美，同时他更关注美的被蹂躏、被糟蹋，为美的毁灭发出憎恨和控诉之声。他毫不留情地在作品中把美的毁灭过程一次又一次地展现给读者看，透过美的毁灭一步步把人们引向拷问之门，让人们的灵魂在拷问中得到净化。这类作品把美毁灭在人们面前，引起人们对人性进行拷问。也许，只有我们经过严肃认真，发自内心的拷问之后，我们才会领略真正的美，才懂得保护那份美不被人性的扭曲所伤害。

把人置于禁锢与压抑中进行拷问。面对人性的压抑和禁锢，宗利华渴望找到人类早已迷失的那个原始点，唤回人最真实的本性和最坦然的时刻。这也就是他要把人置于无声的禁锢和压抑中进行拷问的原因。宗利华的小小说注重表露人活在窒息现实中的逃避和追求，注重挖掘人活在喧闹现实中灵魂的释放与平衡。

《裸一次的代价》中，一向老实本分的老岳因为偶尔从儿子的书里看到一幅健美的男人体图而萌发了“裸一次”的想法，但当他这毫无歪念、纯属欣赏的想法付之行动的时候却被一个碎嘴女人碰着，并广传为笑话，老岳也因此付出了沉重的代价。老岳只是想从欣赏美的角度来欣赏四十多年来一直被自己忽视的躯体，追求的只是一种人与自然完美结合的愉悦，他渴望看到的只是从包裹式盔甲中逃脱的真实自我！然而，老岳身边的群体却发出了惊恐，他们以圣人的眼光去鄙视一个正常的男人，也因此无法读懂“裸一次”的真正意义。圣人般的群体把裸与色情紧紧联系在一起，用高尚的伦理道德铸成牢固的枷锁，然后狠狠地锁住人的本性！其实，在这人性的拷问当中，宗利华一直牵引着我们去思考“我是谁，我从哪里来，要到哪里去”的问题。当老岳的裸体画像出现在美术展上时，我们的问题有了答案——面对人性的禁锢和压抑，我们需要一种真正意义上的释放。宗利华在其作品当中常常把人置于禁锢与压抑中进行拷问，无论是对故事主人公，还是对广大读者，他都希望能唤起人们对真实自我的了解和认识，从而提升人的生命意义。

把人置于现实的冷漠中进行拷问。当冷漠充斥人的生活时，人类的毁灭也就并不遥远。于是，尚且懂得感动，懂得爱的人勇敢地跳出来呐喊，只因为我们人类需要有意义地活着。宗利华的呐喊声以拷问的形式展现在其作品当中，他呼喊人群中的爱与真情，他呼喊人与人之间的关怀与感动。

在《我是患者》这篇作品中，宗利华通过刻画一个爱搞恶作剧的“患者”形象，逐步把人集中于一个病态的冷漠环境中进行拷问。对于遭受了办公室同事冷遇而实际上没有患肝炎的米罗来说，他面对的拷问是：我是患者吗？是身体的疾病，还是灵魂的扭曲？对于办公室里身体健康的人来说，他们面对的拷问是：假如我是患者，假如我遭受了同样的冷遇，我是否活该在人群的唾弃中默默死去？而对于广大读者来说，也应该虔诚地对着自己的良心拷问一下：面对肝炎病者，是心存疑虑地逃跑，还是用关爱和支持的心去鼓励他们？作品中，宗利华对每类人物的态度、行为、心理变化都做了细致的描绘，塑造了一个冷漠无情的生活环境，透过环境的渲染，对人性进行逐步推进式的拷问，无论是针对故事里的人物，还是针对广大读者，宗利华都希望找到可以治愈人性病态的药方。

我们还可以在《井》、《年关》、《皮影王》等作品中感受到残酷的锥心之冷，也可以从中感受到宗利华一直在反思，一直在寻找答案。他要用自己那颗炽热燃烧着的心把人从现实的冷漠中拯救出来，只希望人与人之间能萌发更多的关爱和感动。

把人置于终生的忏悔中进行拷问。“对酒当歌，人生几何？”慨叹的是人生苦短而大业未成。在苦短的人生里，最可悲的不是拿起酒杯来惋惜生命，而是怀着忏悔的心去品尝烈酒悲歌式的懊悔人生！宗利华的作品无情地把人物置于终生的忏悔中进行拷问，让人物的灵魂在苦涩中进行惨烈的拷问。

《教授》中的教授就是一个生活在忏悔、灵魂永远得不到安宁的代表。故事描写了一位不幸遭受强盗蹂躏的女学生与一位教授的拷问式对话。这位教授恰恰是在这女学生最需要帮助时转身离开的冷漠者。后来这位教授发出："你不配做教授！一个灵魂如此肮脏的人，怎么可能站在讲台上口若悬河？"的忏悔之言。这已足够让一个尚有良知的男人陷入一生的忏悔之中。然而，宗利华还要让他的灵魂，让所有的读者陷入更深的哀思之中！教授的房间里悬挂着一张照片，照片中的人物是一位从漩涡里救出六名游客而不幸牺牲的普通渔民，正是这位渔民用平和的目光时刻谴责着那跪在地下的彬彬教授。教授或许是那位渔民的儿子，父亲的死，父亲死后受到的待遇让他愤恨那些从漩涡里被父亲救出的人，他愤恨这个世界的冷漠，因为被拯救的六名游客用极为冷漠的心去看待自己父亲的牺牲。然而，他才是最对不起自己父亲的人。所以他捂住脸，长跪在高尚、纯洁的人像面前,并以终生的泪水和悔意洗涤自己的罪行。《百花园》杂志主编冯辉评价《教授》这篇小小说时写道：文本之中，是饱含着恐怖、惨烈、惊诧、绝望乃至崩溃的故事。同时，这也是一个心灵搏斗、拷问与自我拷问的故事。宗利华明白忏悔是善良人的苦药，所以他狠心地创作出充满忏悔感的故事及人物，让人于忏悔中得到更多的思考。当我们阅读这类作品的时候，我们会不由自主地以忏悔之心反问自己：自己有为曾经犯下的错误而忏悔过吗?

宗利华的小小说以形形色色的现实生活为舞台背景，以灯红酒绿中的各类人物为创作蓝本，以人之所以为人的价值标准来审视一个个灵魂，他的小小说作品具有沉重的思想内涵，也具有深刻的批判意识。但是我们不能否认他的大多数作品在饱含评判性的同时往往给人过多的沉重感。读者会常常感到被宗利华置于重重的紧张和矛盾当中，虽然这无形的紧张和矛盾确实能碰撞出人性的火花。然而无论宗利华以何种方式来挥洒这沉重的人性拷问之鞭，我觉得其中都寄托了他创作的一种希望，他希望自己的作品能引起人们的反思，他希望人们从反思中读懂人性的真实内涵。这也是一个作家在文学创作当中应有的人文责任心，宗利华确实做到了这一点。

图书在版编目（CIP）数据

金麻雀获奖作家文丛．宗利华卷 / 宗利华著．—广州：世界图书出版广东有限公司，2011.4
ISBN 978-7-5100-3195-3

Ⅰ．①金… Ⅱ．①宗… Ⅲ．①小小说—小说集—中国—当代 Ⅳ．①I247.8

中国版本图书馆 CIP 数据核字（2011）第 041579 号

金麻雀获奖作家文丛．宗利华卷

主　　编：杨晓敏　刘海涛　秦　俑
策划编辑：陈名港　陈　岩
责任编辑：张立琼
责任技编：刘上锦
封面设计：柳国雄
出版发行：世界图书出版广东有限公司
（广州市新港西路大江冲 25 号　邮编：510300）
电　　话：020-84451013
http：//www.gdst.com.cn　E-mail：pub@gdst.com.cn
印　　刷：广州嘉正印刷包装有限公司
经　　销：各地新华书店
开　　本：787mm×1092mm　1/16
印　　张：12.375
字　　数：107 千字
版　　次：2011 年 6 月第 1 版
印　　次：2011 年 6 月第 1 次印刷
ISBN 978-7-5100-3195-3/I・0226
定　　价：26.00 元